한국 희곡 명작선 87

안개꽃 | 화(火), 화(花), 화(華) | 너에게 부치는 방백(傍白)

한국 희곡 명작선 87

안개꽃
화(火), 화(花), 화(華)
너에게 부치는 방백(傍白)

이희규

평민사

이희구

안개꽃 · 5

화(火), 화(花), 화(華) · 51

너에게 붙이는 방백 · 93

안
개
꽃

등장인물

김진수 : 60대 후반
박영희 : 60대 중반
박우미 : 40세, 안개꽃 다방 주인
정주경 : 25세, 안개꽃 다방 종업원
김진수1 : 27세, 회상 속 젊은 시절
박영희1 : 23세, 회상 속 젊은 시절
남자 : 20대 연인
여자 : 20대 연인

시간

현대

공간

곧 폐쇄 될 역전의 다방

무대는 소박한 옛날 다방. 오른쪽은 주방 및 카운터. 왼쪽 뒤편은 회상의 공간으로, 밖이 보이는 창 옆에 한 단 높게 탁자와 의자가 있다. 오른쪽은 위층으로 올라가는 계단. 그리고 나머지 공간은 일반 찻집의 구조로 되어 있다. 모든 대도구나 소도구는 상징적으로 처리해도 무방하나 옛 다방의 운치가 곳곳에서 묻어나면 좋겠다.

왼쪽의 회상 공간에는 안개꽃이 화사하게 꽂혀 있는 화병이 신비한 조명을 받으며 탁자 한가운데 놓여 있다. 그리고 김진수나 박영희가 회상하는 장면에서, 회상 공간에 조명이 들어오면, 젊은 김진수1과 젊은 박영희1이 그 자리에 앉아 대화를 하거나 음악을 듣는 모습이 실루엣으로 또는 색조명으로 드러나곤 한다. 이때는 과거와 현재가 공존하는 공간이므로 연출자의 세심한 배려와 주의가 필요하다.
남자와 여자는 김진수와 박영희의 회상 장면에서 젊은 김진수1과 젊은 박영희1로 분장하여 출연해도 좋다.

프롤로그

조명이 없는 어둠 속에서 노래 '나를 잊지 말아요'가 흐느끼듯 들린다.

다방을 청소하는 진공청소기 소리. 의자 정리하는 소리.

기차가 낮은 기적을 울리며 지나가는 소리 뒤, 조용히 박영희의 목소리로 노래와 함께 시가 낭송된다.

안개꽃

너에게 안기던 날

안개가 몸을 풀었다.

어둠의 숲을 지나

암흑의 터널을 지나던 날에도

안개는 옆으로 긴 몸을 뉘였다.

사랑이 사랑인 까닭을 안개는 알고 있어

사랑 잃은 사랑에게

새벽부터 가만히 이마를 애무하느니

안개가 퍼지는 날에는

사랑과 함께 머리를 풀고

차분히 차를 마셔도 좋다.

사랑하는 사람아

그대가 장미가 아니어도

7

잊혀지지 않는 꽃이 되고 싶을 때면
안개에게 손 내밀고 포옹하지 않으련.
너에게 온 가슴을 주며 안기던 날
내 마음의 온 뜰에는 바람도 멈추고
안개꽃이 별빛으로 가득 피어 있었다.

창문을 여는 소리에 무대가 서서히 밝아진다. 홀에서 주경이가
'나를 잊지 말아요'를 콧노래로 따라 부르며 탁자를 닦고, 우미는
주방에서 커피 머신을 손보고 있는 것이 어렴풋이 보인다. 휴대
폰 울리는 소리. 우미가 서서히 받는다.

우미   고모일 줄 알았어. 꼭 이 시간이면 전활 한다니까. (휴대폰
을 귀에 대고) 고모 걱정 말라니깐요. 11시, 정확히 열었다
고요. 안개요? 늘 그렇지요. 아침이면 안개 안 끼는 날이
얼마 되나요?… 아, 알았다니까요. 오는 손님들, 특히 60
대 아저씨, 네에, 키가 껀정하지만 눈매가 빛나는 남자.
비슷한 사람이 오면 날마다 물어본다니까요, 잘 살피고
있다고요오… 근데, 고모 목소리가 왜 그래? 증세가 심
해졌어? 내가 갈까? 내가 간병해 드릴까?… 알았어, 알았
어, 알았어요. 잘 살필게요. 새로 오는 영감탱, 아니, 아저
씨요… 근데 이제 손님이 뚜욱 떨어지고 있어. 담달부터
는 역이 폐쇄된다는 것, 고모도 알지? 글쎄 손님 주는 것
이 오늘 낼 일이 아니지만, 이제 우리도 이 다방 팔아버리

자! 아니면 카페 형식으로 리모델링하든지. 그래야 적자라도 면하고(퍼득 놀라 휴대폰을 귀에서 떼고 멀리하며 혼잣말로) 그러면 그렇지. 내가 바보지. 이런 말이 통할 것 같애? (다시 귀에 대고) 어련하시겠어요. 이 다방, 그 귀공자 아저씨 오시기까지는 오매불망 이대로, 이, 이대로, 손 하나 대지 않고 그대애로, 잘 지키겠습다… 예? 예에. 하여튼 고모 건강 걱정이나 해요. 약 잘 챙겨 드시고요. 예, 예에. 이따 저녁에 통화해요오!

1

조명이 밝아지면 무대는 잘 정돈되어 있다. 유독 회상 공간의 탁자에 꽂힌 안개꽃이 신비한 조명으로 강조되어 있다.

주경 사장님이시죠?

우미 항상 그 말이 그 말이지.

주경 근데 사장님은 왜 그리 그 남자를 찾으신대요?

우미 그 사연을 다 말해 뭐해.

주경 첫사랑?

우미 마지막 사랑까지.

주경 그렇게까지 했으면 이제 그만 둘 때도 되지 않았어요? 분명 이 세상 사람이 아닌 게지. 경찰에다가, 그리고 방송에까지 나가 찾았는데도….

우미 내 말이!

주경 사랑을 기다린다? 그것도 첫사랑을? 이 시대에 춘향이라? 낭만적이긴 하지만….

우미 낭만이 밥 먹여주니?

두 청춘 남녀가 들어선다. 들어서며 옛날 다방 풍경에 약간은 놀란 듯,

여자	내가 뭐랬어. 이런 변두리엔 분위기 좋은 곳이 없….
주경	어서 오세요. 어머, 어울리는 한 쌍이네요.
남자	어때? 너와 나, 둘이 왔다는 게 중요하지.
여자	글쎄요. 왜이리….
우미	앉아 보면 그래도 괜찮아요.
주경	기차가 저 멀리 사라지는 풍경도 좋구. 그래요. 여긴 2층 이니까, 창밖으로 보이는 강변의 꽃도 참 이쁘고요.
여자	(쭈볏거리며 다방 안을 살피다가) 그럼 저기, 저 안개꽃 있는 자리에 앉을까?
남자	그럴까? 좋네!
주경	저어, 그 자리는….
여자	왜요?
우미	그래요. 우리 고모 아시면 기겁하겠지만, 뭐, 집에서 여기 가 보이나 뭐….
주경	(맞장구치며) 그래요. 다방의 모든 자리는 손님을 위해 있다! 맞죠?
남자	왜…, 저 자리에…, 앉으면 안 되나요?
여자	(이미 자리에 가 앉아서) 으음, 안개꽃이 참 예쁘다아.

안개꽃의 신비한 조명이 꺼진다.

우미	꼭 그런 건 아니지만, 웬만하면 그 자리에는 손님을 앉히 지 말라는….

주경 사장님의 엄명이 있었답니다.

남자 사장이요? (우미에게) 사장님 아니세요?

주경 사장님 맞기는 맞으신데요. 그 위, 그 위에….

우미 … 제 고모가 사장이고, 저는 바지 사장이라고 하나? 월급
쟁이 죈.

여자 (창밖을 보며) 와아, 저 갈대꽃, 하얗다. 자기야, 이리 와 봐!
멋져!

남자 (웃으며) 와, 이런 시골 다방도 체인점이 있나보네요. 커피
숍만 그런 줄….

주경 체인점은 아니지만, 우리 사장님이 이 다방을 끔찍이 아
끼셔서 웬만한 체인점보다 월급이 휠 많아요. 제가 스타
벅스에 근무하다가 이리 온….

우미 스타벅스! 앉아서 차분히 차를 드세요.(주방으로 들어간다)

남자 (안개꽃 탁자에 앉으며) 어 정말, (창밖을 보다가 여자에게) 저 억
새꽃! 장관이네!

여자 갈대꽃!

남자 억새라니깐!

여자 갈대!

남자 억세게 고집 세네. 억새!

여자 바람에 흔들려도 갈대!

주경 (웃으며) 저건 억새꽃이라고 하던데요. 그냥 강꽃이라 불러
요, 우리는.

남자 그렇지요? 억새, 으악새!

여자, 입을 뽀쭉이며 고개를 돌린다.

주경   아아 으악새 슬피 우니~, 참, 주문은요?

여자   (차갑게) 카푸치노. 자기는 라떼? 아메리카노?

주경   여기는 옛 다방이니, 쌍화차 어떠세요? 아니면 홍차도 추
억의 차인데….

여자   아니, 우린 커피….

남자   그래요. 저는 라떼, 자기는 카푸치노?

주경   네에, 잘 알겠습니다.

주경이 돌아서며 주방을 향하여, '언니, 라 하나 카푸 하나'하는
데, 카우보이 모자를 쓴 진수가 지팡이를 짚으며 다방으로 들어
선다. 선글라스를 썼다.

주경   어서 오세요. 아, 젊은 아저씨네!

우미, 눈짓으로 잘 모시라는 신호.

주경   아저씨, 어디가 좋으실까…? 저기 한쪽에? (진수가 지팡
이로 더듬대자 가까운 곳의 의자를 가리키며) 아, 여기가 좋겠네
요. 손님.

진수   (다방을 한참을 서서히 둘러보더니) 여기가…, 안개꽃 다방, 맞
아요?

주경	네 맞아요. 안개꽃 다방!
진수	허헛 참, 그 다방이 지금까지 그대로 있었나?
여자	억새나 갈대나 그거가 그거지.
진수	옛날 그 다방…
남자	억새는 억새고, 갈대는 갈대라니까.
주경	맞아요, 아주 오래된 안개꽃 역전 다방!

우미, 커피를 내리다가 멈칫. 주경이가 우미를 본다. 진수가 힘들게 의자에 앉는다.

주경	손님, 천천히 쉬어 가세요. 여긴 편히 쉬어 가는 옛 다방이랍니다. 좋아하시는 음악이라도 있으면 판으로 틀어주기도 해요.
진수	(피곤한 음성으로) 괜찮소… (다시 다방을 둘러보며 혼잣말로) 분명 맞게 찾아 온 것 같은데… 글쎄….

우미, 가만히 진수를 살피다가 옛날 전축에 판을 올리고 음악을 튼다. '장밋빛 스카프'가 조용히 흐른다. 진수, 허리를 펴서 우미 쪽을 본다.

여자	억새도 내게는 갈대와 같아.
남자	흔들리는 갈대가 좋다는 거야?

진수, 깊은 숨을 쉬며, 의자에 푸욱 몸을 파묻는다.

여자	누가 흔들린대? 남자가 문제지. 다 늑대, 갈대 족속이지 뭐.
남자	억새 얘기에서 왜 늑대가 나와!
진수	아가씨, 여기 쌍화차도 파나요?
주경	쌍화차요? (우미를 보며) 그럼요. 여기는 쌍화차가 전문이에 요. 쌍화차 드시게요?
진수	(고개를 끄덕이며) 그래요, 그거 한 잔.
주경	(다가와) 젊은 오빠, 계란도 넣어드릴까요?
진수	(웃으며) 허헛 참, 한국에 지금도 그런 차가 있나? 다 커피 점이던데, 여기는….
주경	여기는 추억을 파는 옛 다방이니까요.
진수	nervous! I'm cold!
주경	네? 뭐라고요?
진수	아니, 아니.
남자	남자도 순정파가 있다, 너.
여자	여자보다 더할까?
주경	언니, 쌍화차. 날계란 넣어서!

달려가서 우미에게 뭐라 속삭이는데, 진수는 서서히 허리를 일으 켜서 선글라스를 벗는다. 그리고 다시 다방을 둘러보는데, 자세히 보이지 않는 듯 눈을 비벼 본다. 서서히 일어나 회상의 공간을 보 더니 그쪽으로 걸어간다.

남자　　나는 다르다는 걸 알지?

여자　　자기라고 별 수 있어? 조건 좋으면 다 팽개치겠지?

진수　　(젊은이들이 앉은 탁자에 가까이 가서) 그게 무슨 꽃입니까?

남자　　(의아한 표정으로) 네, 저… 안개꽃 아닌가요?

진수　　안개꽃 맞지요… 안개꽃.

여자　　(불편한 표정으로) 잘 안 보이시나요? (커피를 마신다)

진수　　(돌아서다가 다시 그 자리를 보며) 그 자리도 그대로 있어. (아까 앉은 자리로 돌아가려다가) 아니, 이 시? (다시 눈을 비비며) 신경림 시 아닌가? (다시 다가서며 액자 앞으로 바짝 다가가) 언제부턴가 갈대는 속으로 조용히 울고 있었다… 허억! (비틀거리며 휘청댄다)

주경　　(달려와 부축하며) 손님, 어디 편찮으세요?

진수　　No problem! 아니, 아니오. 잠깐 저, 정신을 놓았을 뿐이요. Thanks, Thanks!

주경　　(진수를 그 의자에 앉히며) 눈도 좀 불편하시고…, 또….

여자　　이상해. 맞잖아 갈대잖아. 저 시가 갈대라메?

남자　　(말없이 진수를 보다가 고개를 돌리며) 신경 쓸 게 뭐야.

여자　　갈대라니깐.

남자　　억새!

여자　　왜 신경질?

　　　　　우미, 주방에서 쌍화차를 가져와 진수 앞에 앉는다. 주경은 살짝 웃으며 남녀 탁자 옆을 지나 '리필 해 드릴까요?'하며 잔을 가져

간다.

우미　영어를 잘 하시던데… 혹 영어 선생님?

진수　아뇨, 아뇨. 미국에서 살다가 오는 바람에….

우미　미국에서요? 교포이신가 보네요.

진수　글쎄요. 35년 만에 들러 본 한국인데….

우미　어머 35년? 그럼 이제 미국인이시네.

진수　그래도 피는 한국 사람인 걸… fall into confusion. 혼, 혼란스러워서….

우미　차 드세요. 식어요.

진수　쌍화차라. 옛날엔 이 차만 마셨더랬는데….

우미　위스키 티는 안 드셨나요?

진수　아니, 젊은 분이 그것도 아시나?

우미　웬걸요. 고모님이 늘 말해주곤 했는데. 이 다방을 사면서부터.

남자　(일어서며) 이제 가자, 억새밭으로!

여자　(약간 발끈하며) 갈대라니깐.

남자　그래 강, 강꽃이라 하자!

여자　몰라!

카운터에 앉은 두 사람 주경에게 계산하며 나간다. 주경이 '또 오셔요오!' 인사하는데, 기차가 역에서 출발하는 듯 기적이 묵직이 들리더니, 달리는 속도가 빨라진다. 서서히 쌍화차를 마시는 진수, 눈을 감는다.

우미 한국… 많이 변했지요?

진수 옛날 맛 그대로야. (회상에 잠기는 표정) 그때는 참 고달팠어… 흐음, 행복했을까?

우미 예?

진수 I hate to recall. Gross!

우미 징그럽다고요?

진수 아니, 아니. 내 과거가 그렇다는 것이라오.

우미 (진수를 자세히 보며) 제 아버님 연배 같아 뵈어요. 많은 얘기를 들을 수 있겠네요.

진수 늙은이란 그저 불행한 과거만을 생각하는 못된 버릇이 있지요. 다 부질없는 이야기일 뿐이라오.

우미 그 경험도 뒤집어 보면 아름다운 추억이겠지요.

진수 우물쭈물 거리다가, 너 이렇게 될 줄 알았다. I knew if I stayed around long enough, something like this would happen! 버나드 쇼였지, 아마?

우미 묘비명, 크흣. 그런데 아까 손님께서 저 시를 읽다가…?

진수 아, 저 시를 보고… 같이 울었던 추억이 있어서.

우미 (눈이 동그래지며) 네? 같이 울었던?

진수 뭐 그렇다는 것이지, 다 그런 때가 한번쯤은 있지 않았겠나?

우미 그래도 울었던 추억이라면, 저 시에 대한 사연이 있다는 말씀 아닌가요.

진수　시를 좋아 했었지….

진수 눈을 감으면 회상 공간에 조명, 밝고 푸르다. 젊은 시절의 진수와 영희가 그 자리에 앉아 있다. 노래 '장미'가 조용히 흐른다. '당신에게선 꽃내음이 나네요. 잠자는 나를 깨우고 가네요….'

진수1　영희야, 정말 너한텐 꽃냄새가 나.
영희1　피, 거짓말. 로즈향 아닌데?
진수1　정말이래두. 네가 장미보다 예쁘니까, 장미향이 나는 거야.
영희1　비행기 태우지 마. 나 떨어지면 어떡 헐라구우.
진수1　내가 받아 함께 살지!
영희1　정말이야? 피이. (눈을 반짝이며) 믿어도 돼?

진수 일어서서 지팡이로 더듬어 가며 시가 걸려 있는 탁자 앞으로 간다. 우미 일어서 따라가며 위험하게 걷는 진수를 부축하려 든다.

진수　아름다움은 순간이고 슬픔은 여운처럼 긴 법이지. 사랑도 이별도 그래. Love is short but parting is long. 우리는 외로웠어. 그러나 그만큼 행복하기도 했지. 가난은 사랑으로 감싸고, 슬픔은 다사로운 위로로 보듬을 수 있었으니까. 이 시가 그랬어. 울고 있었는데, 슬펐는데 결코 슬프지

않는 연인들. 우리는 이 시를 보고 울었어. (시를 왼다) 언제
부턴가 갈대는 속으로 조용히 울고 있었다.

영희1　그런 어느 밤이었을 것이다. 갈대는
　　　그의 온몸이 흔들리고 있는 것을 알았다.
진수1　바람도 달빛도 아닌 것
　　　갈대는 저를 흔드는 것이 제 조용한 울음이었던 것을
　　　까맣게 몰랐다.

우미　(놀란 눈으로 입을 가리며) 손님!

진수1, 영희1　산다는 것은 속으로 이렇게
　　　조용히 울고 있는 것이란 것을 그는 몰랐다.

무대가 서서히 어두워지는데, 진수, 가슴을 잡고 비틀거리며 쓰러
진다. 우미 카운터를 향해 소리친다.

우미　손님! 이를 어째? 주경아, 주경아, 119, 119!
주경　네, 여보세요, 여보세요? 119? 여기 손님이 갑자기 쓰러졌
　　　어요. 빨리빨리!
우미　손님, 정신 차리세요. 주경아 물, 물, 물!

무대 완전한 어둠….

2

어둠 속에서 노래 '찻집의 고독'이 들린다. 유독 안개꽃이 실낱같은 조명 아래 쓸쓸하다. 손님이 없는 오후의 한가한 다방. 무대가 밝아지면 주경이 손톱 손질을 하고 눈썹을 다듬는다.

주경   아~ 사랑이란 이렇게도 애가 타도록 괴로운 것이라서 잊으려 해도 잊을 수 없어 가슴 조이며 기다려 봐요~ 사랑은 다 어디로 가고 내게는 안 오는 것일까. 슬픔처럼 어리는 고독? 옘병, 나도 사랑 때문에 슬퍼 봤으면 좋겠네.

우미가 밖에서 장바구니를 들고 들어온다.

주경   언니, 이게 다 뭐야! 뭘 이리 많이?
우미   손님, 원기라도 회복 시켜줘야… 전복죽 끓여 줄까 봐.
주경   미쳤어. 언니는 저 영감이 사장님이 찾는 사람이라고 생각해요?
우미   아닐지도 모르지.
주경   근데 왜?
우미   적선하는 셈 치지 뭐.
주경   사장님한테는 연락….
우미   아직 안 했어. 고모가 지금 건강이 엉망이라잖아.

주경	하긴 시를 읽은 영감이라고 해서 그 사람일 수는 없지.
우미	좀 더 알아보고 차분히 해도 늦지 않겠지 뭐. 일어나시긴 했니?
주경	언니 성화라니. (우미 흉내를 내며) 주경아! 119, 119!
우미	낸들 안정을 취하면 진정되는 증상이라는 걸 어찌 알았겠냐.
주경	난 언니 아버님 돌아가신 줄 알았네요. 냉수 마시니 금방 좋아지던데.
우미	없는 아버지가 다시 돌아가시겠냐. 복 짓는 것이다.

진수가 위층에서 내려온다. 모자를 벗었다. 검은 머리카락이 약간 남은 흰머리가 70대 노인으로 보이게 한다. 선글라스 대신에 금테 안경을 썼다. 어제보다 훨씬 신사가 된 모습이다.

우미	어머, 선생님, 오, 멋지세요. 잠자리는 좀?
진수	편안했습니다. No problem! No problem! It was so comfortable! 잘 잤어요.
우미	다행이에요.
진수	굳이 여기에 머물지 않아도 되는데, 왜 그리 어제 붙잡으셨는지.
우미	… 인연이 깊은 모양이지요?
주경	우리 우미 언니는 그런 사람이에요. 멀리서 오신 손님은 하룻밤을 머물게 하는….

우미	특별한 이유는 없어요. 고모의 뜻이어서….
주경	맞아요. 사장님은 엄청 부자시거든요. 그래 아예 노인을 위한 방까지 만들어 놨어요,
진수	웬만한 호텔보다도 좋던데? 아침 식사도 훌륭했어요.
우미	고모는 작은 사업체를 갖고 있는데, 요즘은 주로 실버타운이나 노인 요양병원에 관심이 더 많아요. 그래서 곳곳에….
주경	이 다방은 좀 특별하다니까요. 먼 곳에서 이 안개꽃 다방을 찾아오신 노인 분들께만 모시는 무료 숙식 룸! 바로 그거예요. 손님도 알고 오셨지요?
진수	(웃으며 고개를 흔든다) 몰랐어요. 사장님이 좋은 일을 하시는군요.
우미	웬걸요. 사람들은 누구나 진 빚이 있고 받을 빚이 있지요. 고모는 빚을 갚는다고 말하던데요. 젊어서 무척 고생했대요. 안 해 본 일이 없을 정도로….
주경	(빠르게 손가락으로 세며) 떡집 주인, 과일장사, 양식당, 모텔, 호텔, 양주 빠, 그것뿐인….
우미	주경아!
진수	자선 사업가는 선한 의지에 의해 삶이 빛나는 법이지요. 고모님은 마음이 온돌처럼 따뜻한 분이시겠지요.
우미	제게는 어머니보다 더 따뜻한 분이시지요. (화제를 돌려) 선생님은 지병이 있으신 건가요? 어제 그렇게 흉통이 있….
진수	향수병이랄까, 죄의식이랄까. 나도 모르게 가슴이 뛰고 통

증이 몰려오는 증상이 있는데, 병원에 가면 아무렇지도 않다고 하니….

주경　무슨 죄가 그리 많아요?

우미　(주경이와 진수를 번갈아 보며) 사는 게 죄지, 뭐 죄인이 따로 있다든?

진수　죄가 많지요.

주경　그러니까 무슨 죄요. 살인은 아닐 테고….

우미　주경아, 무슨! 너는 저거 좀 손질해 줄래? 아니 너 죽 끓일 줄 알지?

주경　(입을 삐죽대며) 네에. (장바구니를 들고 안으로 들어간다)

우미　차 아직 안 하셨지요? 이번엔 티?

진수　홍차 좋지요. 한국에 오니 티가 없어요.

우미　여긴 추억을 사고파는 찻집, 안개꽃이잖아요. 앉아 계세요. (주방으로 들어간다)

진수　(혼잣말로) 이곳에 찻집이 남아 있는 것도 신기한데, 차도 옛날 그대로야. 홍차, 쌍화차 (다시 홀을 쭉 둘러보며) 그대로야. 의자 탁자도 비슷해. (서서히 지팡이를 짚고 홀을 거닐어 보다가 시화 액자 앞에서) 저 시가 왜 걸려 있지? 영희가 무척이나 좋아했던 시, 그해 발표된 신작시였지 아마?

우미　(홍차를 가져 오며) 뭘 그리 골똘히 생각하세요?

진수　이상하단 말이에요. 이곳 주변은 다 바뀌었는데, 이 다방은 그대로인 것 같아요. 2층으로 올라오는 계단도 삐걱거리는 것이 옛날의 그 나무계단이고.

우미	고모가 꾸민 다방이니까요. 차 드세요.
진수	땡큐. (마시며) 오! The tea is really delicious! 맛있어요. 옛날 바로 그 맛이 살아 있네요.
주경	(주방에서 나오며) 그런데 손님! 아침 식탁에 웬 책을 두고 가셨는데요?
진수	아, 그거요? 내가 애송하는 내 시를 묶은 것인데,
주경	(오면서) 영어로만 되어 있네? 지 와이 피 에스 오 피 에이치 아이… 지소피라 플라워, 무슨 꽃인가… 페터 잼?
진수	피터 제임스, 내 필명….
우미	그럼 시인이세요?
진수	무명의 시인이라고 할까요. 그저 시를 좋아하는….
우미	오우, 우리 집에 미국 시인 오셨네요.
주경	저는 잘 모르겠어요. (진수에게 주려다가 우미에게 시집을 건네며) 저는 전복죽 끓입니다. (다시 주방으로 들어간다)
우미	어? Gypsophila 집소필라? 안개꽃이잖아요?
진수	그러기에 말입니다. 제가 가장 좋아하는 꽃 ….
우미	안개꽃이라구요? 그런데 안개꽃 다방에 오셨다? (눈을 반짝이며 진수를 보다가 시집을 펼친다) 어, 한글로 된 시도 있네요?
진수	아, 지금도 시상이 떠오를 때면 한글로 쓸 때가 있지요. 그리고 곧 영어로 번역하며 쓰는데, 언어의 벽은 곧장 하늘만큼 높아요.
우미	(시를 읽는다) 끝내 코피를 쏟아내는 산바다에서/나는 내 안의 아픔이 겨울이라는 사실을/기어이 알고 말았다./울렁

대는 이 현기증이 기다림 병이라는/기막힌 사실을 알아내
고야 말았다.

진수   그냥 등산하다가 메모한 건데….

우미   좋은데요. 미국에서도 한국인으로 사는 모양이지요. 기다
림 병이라니요.

진수   언제나 한국을 그리지요. 도망치듯 떠난 사람에게는 고국
은 늘 어머니, 아니, 애인으로 가슴 한쪽에 남아 있지요.

우미   그래요? 선생님은 혹 이곳에 오신 적이 있어요? (시집을 보
며) 안개꽃?

진수   (시집을 우미의 손에서 가져오며) 젊은 시절, 내가 미국으로 도
망치기 전에… 행복한 시간이 이 다방에서 피어나던 적이
있었지요.

우미   (눈을 크게 뜨며) 네에? 도망이요? 또 행복이라니… 요?

진수   (눈을 감으며) 이곳 대학을 다녔었지요.

우미   (더 놀라는 표정으로) 그러셨어요? 그런데요?

진수   (눈을 감은 채) 우리는 늘 이 다방에서 만났어요.

우미   네? 네, 네에….

회상의 공간에 안개꽃을 비추던 조명이 켜진다. 진수1과 영희1이
마주 앉았다.
노래'맨 처음 고백'이 들린다. 진수 일어나 두 사람을 본다.

진수1   우리 우도에 가자.

영희1 미쳤어요, 오빠? 우리가 어딜 가, 가긴!

진수1 나 곧 연수 가잖아.

영희1 그게 뭐. 신입사원 연수와, 뭐, 무슨 상관?

진수1 나는…, 나는 말이야. 영희야.

영희1 …?

진수1 사랑해, 너를 영원히 사랑해,

영희1 (약간 고개 숙이며) 알아. 나도 아는데…, 우도가 옆집이야, 제주도까지 어떻게?

진수 (회상에서 못 깨어난 듯) 우도에, 우도에 가자니까.

우미 네? 우도에? 우도에 가, 갔… 갔었어요?

진수 (눈을 뜨며) 그래, 나는 죄인이야.

우미 (떨리는 가슴을 진정 시키듯 홍차를 마신다) 왜, 왜, 왜 죄인이지요?

진수 (독백하듯) 안 갔어야 했어.

우미 그게 왜 죄예요?

진수 그리고 신입사원 연수에 가고…, 가고 나서… (울컥거리며) 그리고….

우미 그래서요?

진수, 어제처럼 비틀거리며 가슴을 움켜쥐고 의자에 기댄다.

우미 얘, 주경아, 주경아!

주경 (주방에서 튀어 나오며) 왜 그러세요, 언니?

우미 119, 119!

진수 It's okay! okay! 괜찮아요. 저는 저를 잘 알아요. 물마시
면 괜찮아져요. 물만 줘요.

주경 (물 컵을 들고 온다) 여기요. 마시세요.

진수 (호주머니에서 약병을 꺼내 한 알을 입에 넣으며) Thanks!
Thanks!

그리고 큰 숨을 들이쉬기를 서너 번 하자, 서서히 진정되기 시작
한다.

진수 (길게 숨을 한번 내쉬고 나서) 미안해요. 자꾸 이런 모습 보여서.

우미 약을 드셔야 되는 거예요?

진수 아니에요. 안정제, 안정제예요. 오후에는 가겠습니다.

우미 그 몸으로 어딜 가신다는 거예요. 쉬었다가…, 가시려면
내일 떠나세요.

주경 그래요, 내일 가세요. 여기는 노인 무료 숙박 루우움이라
니까요.

우미와 주경이가 진수를 부축하여 위층으로 올라간다. 우미의 휴
대폰이 카운터에서 울리다가 그친다. 그리고 정적. 다시 휴대폰이
울리는 소리. 우미 내려와서 얼른 받는다.

우미   고모… 왔어. (약간은 목이 메여) 그 사람 맞는 것 같아… 우
도에 갔었대. 아직 이름은 몰라.

우미가 털썩 의자에 앉아 멍하니 객석을 바라보는데, 송창식의
'딩동댕 지난 여름'이 악을 쓰듯 무대를 장악하면서… 서서히 어
두워진다.

3

실루엣처럼 안개꽃만 비추면서 무대가 조금씩 밝아져 온다. 달리는 기차소리. 슬픈 기적이 운다. 잦아지면서 진수의 목소리로 시가 낭송된다. 파도치는 소리에 뱃고동이 한참을 가슴을 적신다.

우도에서

우도에서는우울해 하지도 말아라.
울지도 말아라.
그저 소처럼 누워 하늘을 바랄 뿐
고즈넉이 수평선을 그릴 뿐
우도에서는 잠도 자지 말아라.
사랑은 사라지기 위해 존재하고
이별은 사랑을 위해 살아 있음을
먼 육지를 떠나 본 사람이면 알게 되는 섬.
우도에서는 웃지도 말아라.
그저 지그시 하얀 이 드러내며
말없이 누워서 나를 볼 일이다.
말없이 앉아서 그대를 볼 일이다.

무대가 밝아지면, 진수는 의자에, 영희는 카운터를 등에 대고 서 있다. 마주한 두 섬처럼 무대의 양 끝에 있지만, 대화를 하면서

서서히 가까워진다. 단정하고 품위 있는 영희의 모습. 몹시 야위었다.

한참의 침묵.

끼룩끼룩 갈매기 소리. 파도 소리에 씻기며 자갈 구르는 소리.

미동도 않던 영희가 담배를 피워 문다. 연기가 피어오르는데, 급행열차 달리는 소리. 멀어지면.

영희   그것이 마지막이었지요. 우도….

진수   ….

영희   (기침) 그리고 40년. 세월은 참으로 질겨….

진수   ….

영희   (차분히 가라앉은 목소리로) 뭐라고 말 좀 해 봐요.

진수   ….

영희   어제 우미의 전화를 받고…, 전화를 받고서도 믿을 수 없어서….

진수   ….

영희   (목소리가 낮으나) 왜 말이 없어요. (기침하며 손으로 입을 가린다)

진수   이제 와서 …, 무슨 말을 ….

영희   무슨 말이라도 해줘야 (약간 목이 메여) 내 속이.

영희는 또 담배를 꺼내 라이터를 켠다. 이때 우미가 주방에서 나오다가 본다.

우미	고모! 담배 피우면 안 되잖아요. 의사 선생이….
영희	너는 들어가 있어. (우미, 영희의 말에 눌려 뒷걸음쳐 들어가 버린다) 내가 어떻게 살아왔는지 궁금하지도 않아요? (기침)
진수	….
영희	나는 당신을 원망해 본 적 없어요. 한번도.
진수	… 나는 늘….
영희	그리고 당신은 반드시, 반드시….
진수	….
영희	돌아올 것이라고 믿고 있었지요. (기침)
진수	….
영희	그래서…, 이 다방도 샀고요.
진수	… 미, 미….
영희	그리고 우리가 만났던 그 때 그 모습 그대로 꾸몄지요.
진수	그, 그랬구나….
영희	내가 세상을 떠나기 전에(기침), 꼬옥 당신을 볼 수 있으리라 믿었지요.
진수	… 기침은 왜 자꾸? 어디가….
영희	괜찮아요. 담배 안 피우면.
진수	왜 담배를 피워!
영희	내가 피우든 말든, 당신이…?
진수	그래, 미, 미안… 해.
영희	미안하다는 말로 다 용서되는 거라면…. (기침)
진수	… (허공을 응시하다가) 다 말해 뭐하겠어.

영희   이 다방에서 그렇게 기다렸는데, 그 날… 기다리다 지쳐 쓰러졌는데….

회상 공간에 영희1 혼자 앉아 있다. 꼿꼿한 자세. 공간의 조명이 밝아지면 안개꽃을 든 영희1의 불안하고 초조한 모습이 선명해진다. 노래 '사랑의 교실'이 나지막하게 깔려온다.

영희1   (시계를 보며) 벌써 몇 시간이야. (핸드백에서 편지를 꺼내 읽어본다)

진수1   (소리) 연수 끝나는 날 우리 그 다방에서 만나자. 가자마자 너부터 만날 거야. 5월 24일 금요일이야. 오후 3시쯤이면 갈 수 있을 것 같아. 보고 싶다, 영희야. 그날 못 가면 그 다음날 3시에 꼭 만나자. 우리 매주 토요일에 그 다방에서 만났잖아.

영희1   6시가 넘었는데. 혹, 무슨 사고? 아냐, 아냐. (고개를 흔든다)

진수   (자리에서 벌떡 일어서며) 그건 사고였어.

영희1   밖이 하도 어수선하니.

진수   나는 더 어지러웠어.

영희1   꼭 해줄 말이 있는데. (손가락에 낀 반지를 본다)

진수 연수가 끝났는데 광주로 가는 차가 없다는 거야.

영희 어떻게라도 연락을 줬어야지.

진수 전화가 끊기고, 광주까지 가는 차는 없는데, 어떻게 연락을!

회상 공간의 영희1이 지쳐 쓰러진다.

영희 그때 연락이 안 되었다면, 그 다음 날, 아니 그 후에라도!

진수 다음이라고? 그 험한 시절에 다음이 있다고? 허헛.

영희 광주가 죽음처럼 조용해진… 그 후에라도 왔어야지.

진수 여길 왔어야 한다고?

영희 당연하지.

진수 오고 싶었어. 나도 미치도록 오고 싶었어.

영희 그런데 왜?

진수 보이는 게 다 진실은 아니야.

영희 그럼 뭐가 진실이죠?

진수 감춰진 진실은 보석처럼 땅에 파묻혀 있거나, 너무 멀어서 보이지 않는 별처럼 인간의 눈에는 안 보이는 법이야.

영희 그래서 무슨 보석이나 그 먼 우주의 별이라도 (울먹이며) 이제 따온 건가요?

진수 아니야, 아니야, 그게 아니라구.

회상의 공간에 조명. 여전히 영희1은 쓰러져 있다. 안개꽃도 바닥에 떨어져 있다.

소리　처자, 처자, 소리 들리는겨?

영희1　(겨우 일어나며) 진수 씨?

소리　올 사람이라면 버얼써 왔지. 지금 며칠 째여? 시상은 지금 난리가 났다구 그러지. 아, 글씨 곧 도청까정 쓸어분다는 소리까정 들려오는디, 으떤 사람도 못 와. 인자 광주는 아무도 못 오고 못 나간다니께. 섬이여. 섬이 되야부렀어. 저 강을 못 넘어간다니께.

영희1　진수 씨는 꼭 올 거예요. 안 올 사람이 아니에요.

소리　시상 따라 살아야 하는 뱁이여.

영희1　변하지 않아서 빛나는 것도 있겠지요.

소리　어이구, 몸도 성치 않은 거 같은디, 처자 인자 집에 가.

영희1　없는 사이, 그 순간에 오빠가 왔다 가버리면 어떻게 해요?

소리　험한 시국은 피해 가는 것이 상책이제. 소나기는 우선 피해가라고….

순간 총소리. 정적. '사람이 쓰러졌다.'는 소리. 그리고 연발의 총소리. 사람들의 비명.

영희1　(탁자 밑으로 숨으며) 엄마야아!

회상 조명 사라진다.

진수　(벌떡 일어서며) 갔었어! 나 여기 왔다고!

영희   무, 무슨 말이야. 왔었다고?

진수   그래, 널 만나러, 널 만나러 왔었어.

영희   거짓말! 근데 왜 만나지 못한 거지?

진수   (저벅저벅 걸어서 영희에게 다가가다가 멈추며) 계엄군들이 저 강을 경계로 광주를 막고 있었어. 바리케이드를 치고 총검을 든 군인들을⋯ (숨을 헐떡이며) 내가 봤다고 저곳에서.

영희   뭐, 뭐라고요?

회상의 공간에 다시 조명이 들어오면 점퍼 차림의 진수1이 진수의 대사에 따라 몸으로 상황을 재현한다.

진수   안개가 가득했었어. 이 도시를 진압한다는 소문이 안개 속에서 음흉한 얼굴을 하고 돌고 있었어. (군인들의 행군 소리) 나는 불안했지만, 어떻게든 너를 만나야겠다는 생각으로 저 강 건너에까지 왔지. 쉼 없이 헬리콥터가 뜨고 앉는 걸 안개 속에서 봤지. (헬리콥터 소리) 이곳이 멀지 않은 곳, 그러니까 저 강 너머 저 아래였어. (군인들 총검술 연습하는 소리 커지며) 기계 같은 훈련을 받는 군인들도 죽을상이었어. (군인들의 함성. 총소리. 조명이 흔들린다) 마침 군인들이 저 강 건너 도로에서 휴식을 취하고 있는 거야. 안개가 덜 걷힌 아침이었어. 나는 소대장에게 찾아가, 저 건너가 우리집인데 가 봐야 한다고 허락해 달라고 했지. (소대장 소리, 뭐 이 새끼야? 너 정신이 있는 놈이야? 바리케이드가 안 보여?) 뺨을 맞고 구둣발에 채이고 쓰러졌어.

영희   그게 사, 사실이야? 그, 그럼?

진수   (영희의 반응에 개의치 않고) 순간 나는 폭발하는 분노를 참을 수 없었어. 그래서 일어나 '장교님 그럼 10분만, 10분만 저 다방에 다녀올게요, 꼭 만나야 할 사람이 있어요' 하며 냅다 뛰었지, (소대장 소리, 뭐? 저 새끼 뭐라는 거야? 너 거기 안 서? 불순분자 새끼 아니야? 야 새끼야! 야, 너희들 저놈 잡아!) 나는 못 들은 척하고 저 억새 둑길을 냅다 뛰어 오는데, 군인들이 나를 쫓아 오는 것이 안개 속으로 어렴풋이 보이는 거야. (눈빛이 번쩍이며) 안개, 안개 때문이었어. 내가 힘을 얻은 것은. 죽어라고 달려서 이 역전에 다 왔다고 생각했는데, (한 발의총소리)… 총소리… 총소리가 나더니, 역 앞에 있던 사람들이 비명을 지르며 도망가는 거야. (사람들의 비명 소리, 사이키 조명) 그리곤 수많은 총소리까지 (연발의 소총소리) 들었는데… (온몸에 땀이 범벅이 된 얼굴로 영희를 보며) 영희야, 나 왔었어. 여기에.

회상조명 사라진다.

영희   (오열하며) 근데, 근데, 그래서?… 왜… 이제야 온 거야?

진수   (영희 앞에 털썩 주저앉으며) 올 수가 없었어… 깨어보니 병원이었어.

영희   뭐라구?

진수   총을 맞은 거야.

영희   뭐 총알을?

진수   그래서 입원해 있었지.

영희   그때라도, 아니 병원에 입원해 있을 때라도 연락을 줬어
      야지!

진수   연락할 용기가… 아니, 연락할 수가 없었어?

영희   (진수의 얼굴에 흐르는 땀을 닦아주며) 왜, 왜?

진수   (옷을 걷어 배를 보이며) 장을 잘라내야 했고….

영희   연락 줬다면 내가 달려갔을 텐데, 왜!

진수   신경을 다쳐서… 남자, 사내구실을 못하게 됐다는데….

영희   아니 그럼….

진수   그 꼴인데 어떻게 연락을 해?

영희   (진수를 안고) 바보. 오빠 바보야. 그것이 중요해? 나도 지금
      까지 혼자 살아왔잖아. 이 바보야.

진수   나는 지금도… 나를 왜 쏘았는지, 궁금해….

영희   그게 무슨 말이야??

진수   나는 몰랐는데 이 둑 안은 시민군이 지키고 있었대. 대치
      선이 저 강둑이었던 셈이었지.

영희   그래 맞아. 그 때 저 강이 통제선이었어.

진수   그걸 뚫고 내가 달리자 군인들이 쫓아오다가… 통제선을
      넘어버리자 홧김에 쏘았을까….

영희   (놀라며) 그럼 그날, 그날 그 총소리가 나던 날, 쓰러진 사람
      이 오빠였단 말이야?

진수	(고개를 끄덕이며) 네 말을 듣고 보니….
영희	오빠아! (진수를 안고 얼굴을 가슴에 묻으며 오열한다)
진수	(눈물이 크렁한 눈으로) 영, 영희야, 나 물 좀 줘. 물 안 마시면 나 힘들어.
영희	그래, 그래. 오빠.
진수	안개 때문이었을까….

영희가 주방으로 가려는데, 우미가 물을 가져 온다. 이미 눈이 붉게 젖어 있다.

우미	선생님, 여기 물… 드세요.
진수	고마워요. Thanks, Thanks,

무대가 서서히 어두워지는데, 기적소리와 함께 기차 달리는 소리. 그리고 파도 소리에 묻히며 노래 정훈희의 '안개'가 밀려온다. 무대 정적, 그리고 암전.

4

무대가 밝아오면 무대 중앙 탁자에 편한 자세로 마주 앉은 진수
와 영희, 차를 마시고 있다.

우미가 카운터 정리를, 주경이가 주방을 정돈하고 있다. '어제 내
린 비'가 배경음악이다.

영희 이 노래 생각나지요?

진수 참 많이 들었던 노래네.

영희 유독 오빠가 좋아했었지요.

진수 우산 없이 둘이 걷기도 했었지, 우리?

영희 (입가에 가늘게 웃으며) 철없던 시절이었는데….

진수 그래서 행복하지 않았을까. 진실은 역설적으로 우리를 불
　　　편하게 만들기도 하지만.

영희 오늘 휴일이라고 하니 쟤들도 얼마나 좋아 하는지.

우미 (외출복으로 갈아입고) 이 다방 생기고 처음으로 맘 편히 문
　　　닫고 쉬는 날인가요.

주경 (휴대폰을 뒤적이다가) 어, 사장님. 여기가 곧 개발되나 봐요.

우미 그게 무슨 말이야?

주경 (우미에게 다가가 휴대폰을 보이며) 이거 봐봐, 언니.

우미 폐쇄될 역 활성화 방안… 역사를 중심으로 재개발 특구로
　　　지정? 고모!

영희	(웃으며) 다 아는 사실인데 무슨 호들갑을?
주경	알고 계셨어요, 사장님은? 역시!
진수	한국은 땅이 좁으니 부동산이 아무래도 재산 증식에….
영희	(일어서며) 이제 여기도 끝물인 성 싶네요. (다방을 서서히 걸으며) 차라리 다방을 리모델링해 버릴까?
우미	고모 그거 진심이세요?
영희	최고의 자재로. 이 도시에서 가장 아름다운 까페로. 아니면 아예 건물을 새로 지어버릴까?
주경	네에? 새로 짓는다고요?
우미	그래요, 고모. 이 구닥다리 건물을 누가 찾아오겠어요.
주경	이건 빅, 빅뉴스다. 소문내야겠네. 사장님, 오늘은 쉰다고 하셨지요? 저는 나갑니다. 오늘은 자유! (뛰어 나간다)
우미	나도 그럼. 고모, 좋은 시간! (윙크를 하며 나간다)

한동안 정적

영희	미국은 언제….
진수	글쎄.
영희	생활은….
진수	지금은 연금 받고 사니까.
영희	고생은 안 하신 모양이네요.
진수	밀입국자의 삶이야 밑바닥에서 시작한 게 아니겠어? 다 했어. 시민권 얻기까지 15년이 넘도록 접시닦이, 세차장,

주유소, 잔디 깎기, 안 해 본 일이 없었지.

영희 그럴 걸 왜 미국으로 갈 생각을 했어요.

진수 변명 같겠지만… 누구 때문이겠어.

영희 … 나?

진수 한국에 있으면 만나게 될 게 뻔한데, 네게 줄 것은 아무 것 도 없는 병신인데.

영희 (혼잣말처럼) 그래도 한번은 보고 갔어야 했지.

진수 차라리 나의 모습을 안 보이는 게 너를 위하는 길이라고 생각했어.

영희 그것은 오빠 생각만 한 것이지요.

진수 그럴 지도 모르지. 하지만, 그때에는 차라리 죽어버리는 게 낫다고 생각했으니까.

영희 ….

진수 ….

영희 나도 죽으려고 했어. (힘든 듯 숨을 크게 쉬며) 헌데 죽을 수가 없었어요.

진수 죽는 게 말처럼 쉽다면 세상에 살아 있는 사람들이 몇이 나 될까.

영희 살기 위해서, 가족을 위해서… 나는 별별 일을 다 했어요.

진수 가족? 영희는 가족이 없잖아? 모두 돌아가시지….

영희 다 말해야 해요?

진수 ….

영희 여자가 살아가는 방법은 별 방법 없었어요. 나 같이 아무도 없는 촌닭은 참고 참고 참아내는 일 말고는… 차마 오빠 앞에서 말할 수 없는 일을 해내야 했어…식모도 괜찮았어. 식당 서빙도 좋았지. (힘든 듯 숨을 몰아쉰다) 하지만 어디서든 짐승 같은 새끼들이 득실대고 있었어. 내가 술집 빠를 할 때….

진수 그만!

영희 아니, 오빠는 들어야 해요. 내가 겪은 일에 대해 다 알아야 할 의무가 있어요.

진수 알아. 말 안 해도 알아. 그러니 제발….

영희 (일어서며) 아니, 더 들어야 해요. 나는 더러운 년이니까. (힘든 목소리) 내가 가진 돈, 더러운 돈, 그 돈은 모두 음흉한 사내새끼들의 배설구였기에 가능했던 거야. (쓰러진다)

진수 (귀를 막은 손을 떼며) 다 말하지 않아도 이제는 다 아는 나이가 되지 않았니? (영희를 안아 일으키며) 아는 것을 안다고 말하고, 모르는 것을 모른다고 다 얘기한다고 해서, 그래서 세상은 맑아지냐고. 차라리 그 말을 하지 말고 지금처럼 말없이 세상의 상처를 쓰다듬어주며 살면 안 되냐고.

영희 오빠는 그렇게 쉽게 말할 수 있겠지요. 오빠가 그랬잖아. 처음이라고, 우도에서 오빠는 내가 처음이라고. 그 말이 나를 얼마나 행복하게 했는지 알아? 내가 천상의 공주가 된 기분이었어요. 나는 그날 밤을 잊지 못해요. (꿈꾸듯) 하늘을 보면 우도의 파도소리와 쏟아지는 별빛의 노래가 꿈처럼 들리곤 했어요. 오래도록, 오래도록 들려왔어요. 그리고 그 소리가 나를 기다리게 했지요. (울음을 죽이며) 오빠는 깨끗하게 살아왔군요. 하지만 나는, 나는···. (비틀거리며 의자를 짚는다)

한참의 침묵.

진수 무슨 말을 하고 있는 거야. 내가 깨끗이 살아왔다고? 나 같은 병신이 겪는 수모가 무슨 정절의 표상이라도 된다는 거야. 허, 이 병신의 삶이?

한참의 침묵.

영희 나는 오빠의 영혼을 사랑했어요. 영혼이 살아 있지 않은 사랑은 모두 쓰레기일 뿐이야. 오빠의 영혼을 보았어요. 그래서 반드시 올 거라고 믿었지요. 그런데 그 시간이 너무 길었지요. 아무리 찾아도 김진수, 내가 찾는 김진수는 없었지요. (잠시 침묵. 울컥거리는 것을 겨우 참아내며) 그런데, 그런데, 이제 다 포기하고 죽었다고 체념하려 했는데, 오빠가 찾아 온 거야. 내 믿음은 헛되지 않았네? 이렇게 오빠가 내 눈 앞에 있으니까. 아름다운 영혼 앞에는 불구가 중요한 게 아니에요. 하지만, 나는 나의 영혼은 ··· 내 영혼은···.

한참의 침묵.

진수 네 영혼이 어때서? 영희 말대로 내가 불구인 것이 문제가
아니라면, 네 몸이 어떻든 그것은 내게도 중요하지가 않
아. 영혼은 별이야. 하늘에 살지. 그래서 천사의 영혼이라
는 말을 하지. 영희의 영혼은 천사보다 깨끗해. 나는 그것
을 봤어. 버려진 아이를 딸처럼 조카처럼 키워 왔다며? 어
떤 모습을 하고 있더라도 잊지 못할 나의 천사는 너야. 영
희, 너는 지금도 우도에서처럼 맑은 별이야.

영희 … 오빠. 이런 이야기를 지금도 할 줄 아네. 이 나이에, 이
늙은 망구에게….

진수 늙은 망구라니. 나는 내 마음에 보이는 대로 얘기할 뿐이
야.

영희 고마워요. 그렇게 봐줘서. (고개를 끄덕인다)

진수 이제 뒤만 보지 말고 앞을 보고 가자. 마주 보지만 말고 함
께 보고 가자. 빨리 가려 하지 말고 천천히 같이 가자.

영희 …함께 가자고요?

진수 그래… 함께!

영희 … (가만히 웃으며) 함께, 라고요?

진수 그래. 이제 뭐가 두려워!

영희, 진수 뒤에 가서 살며시 등에다 기댄다.

영희   고마워, 오빠.

진수, 뒤로 돌아 영희를 안으려 한다. 슬며시 밀어내는 영희, 또박
또박 홀을 걸어서 회상 공간의 탁자에 앉는다. 신비한 조명 꺼진
다. 그리고 진수를 그윽이 보다가 고개를 흔든다.

영희   아니. 함께 할 수 없어요.
진수   왜?
영희   난, 자신이 없어요. 오빠는 다시 미국으로 그냥 가세요.
진수   그냥 가라구!
영희   오빠도 나와 함께 살려고 온 건 아니잖아요.

둘 사이에 깊은 침묵.

진수   네 모습 한번만 보고나면 죽어도 여한이 없을 거라는 생
        각으로 왔어.

다시 침묵.

영희   이제 얼굴 보았으니 다 됐네요.
진수   오자마자 찾은 이 안개꽃 다방이… 네 건물인 줄은 정말
        몰랐어….

침묵.

영희 기다렸지요, 나도. 그 기다림으로 버텨냈으니까. (다시 고개를 좌우로 흔들며) 하지만 아니에요… 생각해보니 영희는 이미 40년 전에 죽었어요. (힘들게) 가고 싶어도 갈 수 없어요.

진수 죽었다니?

영희 죽고 사는 것을 누가 결정하지요? 현대 의학이요? (고개를 저으며) 아니에요. 나도 모르는 나의 신, 나를 제대로 아는 하늘의 신. 있다면요.

휴대폰 울린다. 영희, 서서히 전화를 받는다.

영희 네, 정 변호사님. 지금 당장 사인이? 네. 그 병원으로 오세요, 저도 곧 가겠습니다.

진수 무슨 전화가… 당장이래?

영희 나 지금 가봐야 해요. (약간 목소리가 젖어서) 미국 가면 연락 주세요. 이제 제가 찾는 일은 없을 거예요. (다짐을 하듯) 누구나 혼자의 삶을 살고 가지요. 다 함께 가는 것 같지만, 다들 다른 호흡, 다른 몸짓, 다른 발걸음, 다른 시선으로 세상을 만들어가고 적응해 가는 것이지요.

진수 다른 것 같아도 넓게 보면… 같이 가는 거지.

영희 다방을 천천히 둘러본다. 시화 액자를 보고나서 회상 공간의 탁자를 보다가 안개 꽃병을 든다. 그리고 꽃에 코를 대어 본다.

영희 (안개꽃을 보며) 이쁘지도 않은 것이, 향기도 별로인 것이, 꽃
은 오래 피어… (진수를 보며) 그렇기도 하겠네요. (돌아서려다
가, 잠시 침묵, 진수의 눈을 보며) 나 한번 안아주실래요? 이젠
장미향은 안 나겠지만….

그윽이 영희를 보다가 다가가 안는다.

진수 영희! (서서히 격렬한 몸짓으로 부빈다) 영희야, 정말 너한텐 장
미 냄새가 나!

영희 아, 그만. (떼어내며) 어지러워. (비틀거리다가 옷매무새를 고치고
서) 고마워요, 오빠. 건강해야 해요. 그래야 다음에 또 만나
지. (돌아서 가다가) 아, 우도에 가면 그 집을 별장으로 꾸며
놨어요. 우미와 한번 가 봐요. (눈물 글썽이며) 아니 한국에
올 때마다 거기를 이용해도 될 거예요. 우미한테 얘기 다
해 놨거든요.

또박또박 나는 구두 소리가 유난히 크게 울린다. 진수, 겨우 몸을
부지하며 나가는 영희를 지팡이를 짚고 서너 발 따라가다가 의자
에 주저앉는다. 송창식의 '한번쯤'이 기차소리와 함께 증폭되면서
서서히 무대가 어두워지다가 소리가 작아지면….

에필로그

아직 가시지 않은 여린 빛 속에서 우미가 전화를 하는 모습이 실루엣처럼 보인다.

우미   미국은 새벽인가요. 네, 선생님. 돌아가셨어요. 엄마, 아니 고모가, (목이 메어) 어젯밤에 고모가 돌아가셨어요. 절대 알리지 말라고 해서… 저희도 이렇게 빨리 가실 줄은 몰랐거든요. 그때 선, 선생님이 오실 때가 거의 말기였나 봐요… 주치의 말을 뿌리치고 겨우 여길 오신 모양인데, 그게 무리였나 봐요. 병원에서 쓰러지셨는데… 6개월을 견딘 게 기적이라고… 근데요, 서, 선생님께… 고모가 우도 별장하고 이 안개꽃 건물을 유산으로 남겨 주셨대요… 그래서 서, 선생님의 사인이 필요하다고 정 변호사님이… 말씀하더군요… 네… 네… 빠를수록 좋겠지요. (울음 섞여서) 네, 네. 오시면 제가 아버님 모시듯 우도로, 꼭 모시고 가겠습니다. 네, 서, 선생님….

노래 소리 커지며 완전한 어둠.

끝.

화(火), 화(花), 화(華)

등장인물

무산(無山) : 상좌승. 50대
수선(水仙) : 여인. 무산의 딸
관허(觀虛) : 노승. 80대
종수(鍾守) : 불목하니. 30대
소리 : 1,2,3,4,5,6,7.

때

2010년 초가을

곳

지리산 둘레길 근처에 있는 암자

무대는 작은 법당이 가운데에서 약간 벗어난 오른편에, 요사채가 왼편에 비스듬하게 배치된 작은 암자이다. 법당으로 오르는 계단은 5단 정도, 토방에는 댓돌이 있다.
법당은 풍경이 처마마다 달려 있다. 그 뒤로 산으로 오르는 작은 길이 나 있다. 요사채는 세 칸의 방과 작은 공양간이 있다. 오른쪽에는 커다란 전나무, 그 앞으로 밖으로 통하는 길이 있다. 요사채와 법당 사이의 작은 마당이 정갈하다.
요사채의 작은 마루 끝 공양간 옆에 장작이 쌓여 있다. 전체적으로 수수하고 소박하며 세속과 먼 고요한 암자라는 느낌이 든다.

1

바람 소리.

풍경 소리.

희미한 조명이 암자의 처마를 어렴풋이 비춰주면 다시 산바람
소리.

조그마한 암자가 드러날 때쯤이면 목탁 소리 들리고, 목탁 소리
가 점점 커지면서

암자를 조용히 비추는 빛이 붉은색으로 변해 간다.

관허의 목소리　니중생련(泥中生蓮), 체중생불(體中生佛), 화중생련(火中生
蓮)이라. 진흙 속에 연꽃 나고, 육체 속에 광명의 부처가
살고 있나니, 저 불 속에 피어나는 연꽃을 보아라. 보아
라, 아낌없이 타버리고 살아나는 너의 진면목을 보아라.
재욕행선(在欲行禪) 지견력(知見力)이요, 욕망 속에 있으면서
참선하는 것은 지견의 힘이요, 화중생련(火中生蓮) 종불괴
(終不壞)라, 불 속에서 연꽃 피니 끝내 시들지 않는구나. 아,
이 세상의 온갖 삼라만상을 아낌없이 불 속에 태워버리면
바로 그 자리에 충만한 것이 청정한 법신이요, 청정한 법
신 그 자체가 바로 연꽃 아니겠는가! (목탁 소리)

무대 밝아지면, 종수, 요사채 앞에서 웃통을 벗어던진 채 장작을

패고 있다.

활력이 넘치고 힘이 있다. 장작 쪼개지는 소리도 상쾌하다.

까치 우는 소리.

종수   (갈라지지 않는 장작을 보다가 땀을 닦으며) 하, 요놈, 상당히 센
놈이네, 그려? 하긴 평생을 나무로 살아온 니 생명이 다허
는 이 순간에 몸부림치는 것이 어찌 이상허겄냐만, 어쩔
수 없제. 사는 게 다 그러는 거 아니겄나? 세상에 왔다가
가는 게 다 인연법이라고 안 허드냐? (도끼로 장작을 찍으며)
너도 인자 이 세상을 떠나는 게 당연하다 이 말이여. (숨을
내쉬고 들이쉬며) 휴, 세상에 영원한 것이 뭐가 있다냐. 그랑
께 너도….

다시 도끼를 높이 들고 장작을 패려 할 때,

바랑을 짊어진 무산, 아랫길에서 등장한다.

무산   아이고, 처사님. 이제 득도하신 모양이지요. 열반경 한 말
씀을 무정한 장작에게 도반 대하듯 읊조리시는 것을 보
니….

종수   아니, 무신 말씀을. 스님 숭내 한번 내본 것이제라. 벌써
다녀오신 겁니까? 허허허. 그래 약재는 받아 오셨능가요?

무산   화암사 약선 스님께서는 별걱정 말라고 하시지만, 저희
마음이야 어디 그렇습니까. 큰스님의 증세를 조곤조곤 말

씀드리자 탕제 몇 가지를 챙겨 주시긴 했는데… 문제는 큰스님께서 약사발을 한사코 마다하시니….

종수 긍게 말입니다요. 그게 큰일이랑께라우. 쩌번에도 그렇게 지극정성으로 달여 디렸는디도 큰스님께서는 고뿔에 무슨 약이냐고 끝까정 드시질 않았지라우. 그래 오죽이나 겨울이 길었습니껴. 스님의 병고 때문에 무화사의 겨울이 한 달은 더 길어진 것 같았당게라.

무산 그러게 말입니다. 큰스님의 고집은 황소보다 더하면 더했지 덜하지는 않은 것 같습니다.

종수 그 고집 아니면 화암사를 어찌 중창하실 수 있었겠습니까. 6.25때 불타버린 화암사. 그 폐허에 불철주야 기도 드리고 불심을 키운 덕으로 큰 절로 맨들어 놓으셨으니께…. 그때 스님께서도 그 고생 징그럽게 허셨지라우.

무산 어찌 저만 고생했겠습니까. 사형 사제가 다 일심으로 스님 곁을 지키며 불사를 했었지요. 허나 큰스님의 발원력이 워낙 크셨고, 또 부처님의 가피가 우주를 두를 양이었기에 망정이지, 애시당초 이뤄질 수 없는 불사였지요. 처사님께서도 저희와 불사로 인연을 맺지 않으셨던가요?

종수 (입맛을 쩍쩍 다시며) 그랬제라. 마지막으로 관음암을 지을 때였었는데 (표정 어두워지며), 근데 불사가 끝나분께 이상허게 스님께선 이곳으로 이 허름한 토굴로 오시고 말았제라. 그 큰 중창 불사의 회향식 때 말이지라우.

무산 그것이 저희들도 이해가 안 갑니다. 다른 스님들은 당신이 발원한 절에서 열반에 들기를 원하시는데… 무주상보시의 체현이랄 밖에는….

종수 그랑께라우. 왜 그라셨을까요이. 지금도 나는 궁금허기 그지없구만이라우. (혼잣말로) 그 좋은 화암사를 두고.

무산 스님은 참선 중이시겠지요?

종수 아이고, 지금은…, 그렇게 지가 말려도 안 듣고서리….

무산 아니 그럼 또 산엘?

종수 제발 그러시지 말라고 혀두…, 글고 땔나무는 내가 충분히 준비해 두었다고, 더 필요허면 언제라도 내가 해낼 테니께 그냥 관두시라고 해도 막무가내이셔라우. 근디 이상헌 것이, 꼭 나무의 절반은 냇가에 쌓아 두신단 말이여라우.

무산 (말없이 염주를 굴리고 있다가)… 냇가에?….

종수 특히나 스님만 나가시고나면 그 즉시로 산엘 가시니….

무산 나무관세음보살….

종수 (소리를 꽥 지르며) 관세음보살이 밥 멕여 준다요, 지금? 무신 말씀이라도….

무산 허허허, 밥 먹여주시지요. 중놈에게 밥 먹여주는 분이 부처님 다음으로 보살님 아니시던가요?

종수 (말이 막힌 듯) 허어 내 말씀은 그게 아니라….

무산 압니다, 알아요, 처사님. 허나 매사가 인연이고 섭리이니, 큰스님의 깊은 뜻을 우리가 어찌 알고 미주알고주알 캐낼 수 있겠습니까. (달래는 말투로) 오늘 저녁 공양은 제가 짓겠습니다.

종수	(반기며) 그래주실 겁니까? 지는 공양 짓는 것이 가장 싫당 게요. 이렇게 장작이나 패고 나무나 허라고 하면 딱이지 라우. 근디 밥 허는 것은 당최… 아, 사내가 밥 허는 것은 (빙긋 웃는 무산을 보다가 작은 목소리로), 아, 지 말은 스님께서 공양을 지으시라는 것이 아니라 인자 공양주라도 들이자 는 말씀….
무산	큰스님이 그걸 허락하실 것 같은가요? 그리고 공양주를 들이려 한다 해도 이 깊은 산사에 어느 보살님이 오겠습 니까. 묵을 마땅한 요사채도 없는데.
종수	요사채야 지가 저그 저 지어 놓은 아래채에 우선 짐 풀었 다가 차근차근 지으면 되겠지라우. 문제는 큰스님…!

지게를 지고 산에서 내려오는 관허.
제법 굵은 나뭇가지가 실려 있다.

종수	오신게라우? (달려가 지게를 받으며) 아이고 멀라고….
무산	스님, 화암사에 다녀왔습니다.
관허	괜한 짓을 했구나. 다 부질없는 것을….
무산	화암사 무허 스님께서 안부 전해주시라 하셨고, 정허 스 님께서는 한번 들를 것이라고….
관허	허하고 허한 것인데, 무슨….
무산	(바랑에서 탕제를 꺼내며) 그리고 약선 스님께서 스님께 달여 드리라고….

관허 (무산을 다사로이 보며) 내 이제 탕약은 안 든다고 했을 텐데….

무산 용서하십시오, 그러나 스님 머잖아 겨울바람이 세찰 테니, 미리….

관허 됐다. 인연이 인연을 낳는데 더 큰 인연 바라 무엇에 쓸고?

무산 (나직한 혼잣말로) 관세음보살….

관허 허어. (산 아래를 내려보며) 바람은 바람대로 살고 산은 산대로 사는 법. (고개를 돌려 무산을 보다가 돌아서며) 무산아, 가는 해를 잡으려 하지 말고 네 그림자를 잘 살펴보거라.

무산 (잠깐 머뭇거리다가) 알겠습니다. 스님.

관허 난 이제 한숨 잠이나 자련다. (요사채 승방으로 들어가며 하늘을 보며) 하늘은 구름 한점 없구나. 여여(如如), 여여(如如)한지고….

무산 예, 스님.

종수 (지게의 나무를 정리하다가) 아이고 팔십 노스님이 해오신 나무만으로도 올겨울을 다 나고도 남겠네. 근디 지금 뭐라 허시고 들어가셨는가라우? 여, 여인이라고요?

무산 (웃으며) 여인이라니요, 허허허. 여여하다. 다아 그러하다. 부처님의 경지를 이르는 말씀이지요. 그런 게 있답니다. 저도 잘은 모르지만요.

종수 절간 5년 세월이지만 지금도 스님들 말씀을 못 알아들을 때가 많아라우. 세상사가 다 무상하다는 것도 생각허면 생각나름인디, 만사가 허무하다면 뭘라고 사느냐 이것입니다.

무산　저도 한때는 그런 생각을 했습지요. 허나, 스님을 만난 후로, 그러니까 그 지독한 바람이 지난 후로….

종수　아, 그해 5월 말이지라? 지도 알지라우. 들어서.

무산　있어서는 안 되는, 아픈…, 아니, 슬픈… 이야기지요. (눈을 감으며) 그해 목련꽃은 시들고 라일락꽃마저 향기 잃고, 딸기도 뭉개져 버린 날, 저는 이 세상의 끝이 여기라고 생각했습지요.

종수　….

무산　(약간은 상기되며) 염불을 해도 끝내 사그라들지 않을 때가 지금도 있습니다. 가을 단풍만 보아도 핏빛만 같고, 흐르는 물만 보아도 가슴이 미어지는 날이…, 있기도 합니다.

종수　가끔씩 스님과 이런 이야길 나누다 보면 스님이 시인 같을 때가 있어라우.

무산　시를 쓰고 싶었지요. 깨끗한 시. 그래서 장가도 들었고요.

종수　따님까지 두셨다면서요?

무산　(눈을 감으며 읊조리듯이) 라울라… 석가모니께서 왜 자식을 라울라라고 했는지… 목이 메어요, 녀석을 생각하면.

종수　할머니께서 잘 키워 주셨겠지요. 아마 시집갈 나이가 넘어버렸는지도 모르겠네요이.

무산　(눈을 감고 한동안 침묵하다가) 운명이지요. 인연이겠지요. 허, 섭리일지도… (풍경 소리. 먼 산을 보며) 올 단풍은 유독 빨리 드는 모양이지요?

종수	큰스님께서 스님을 거둬 주지 않았으면 어떻게 되었을까라우?
무산	… 데모하고, 감옥에 드나들고, 그리고, 그리고… 하하하 국회의원이나 됐을까요?
종수	국회의원이요? 스님이? 에이 농담도….
무산	왜요. 믿기지 않으세요?
종수	아니 그게 아니라….
무산	같이 놀았던 친구 중에 그런 친구도 있긴 합니다만. 껄껄껄. 그게 무슨 대수랍니까?
종수	진짜예요? 친구 중에 국회의원이 있다고라우? 누구요. 그 이름이 무엇인디요?
무산	알아 뭘 하시려구요? 처사님이 찾아보게요?
종수	하믄요. 지도 서울에 나가서 한번 멋들어지게 살아가고도 싶구만요. 어깨에 힘주고 살아보는 것도 좋겠지라우. 인생사 한번….
무산	(웃으며) 한번?
종수	멋지게 살다가… (무산과 눈이 마주치자 이내 목소리가 작아지며) 아니구만요. 저는 이 절에서 큰스님의 은혜에 보답이나 하고 살아갈 것이만요. 스님께서 열반에 드시면 몰라도.
무산	관세음보살….
종수	추운 날, 길 잃어버린 망아지 대하듯, 지를 구해준 건 큰스님이셨지요.
무산	처음 오던 날. 온몸이 멍투성이가 되어왔던 그 모습이 선

합니다.

종수　(울컥이는 목소리로) 가난이 웬수지요. 촌에서 농사만 짓고 산다는 것은 곧 굶어죽는 길이지라우. 장가를 갈 수 있나, 돈이 있어 어디 도회지로 뜰 수가 있나. 뻔한 논뙈기에 헐 것이라고는 아무것도 없어라우.

무산　열심히 사는데도 안 되는 이유가….

종수　있지요. 하우스는 태풍에 날아가 부렀제. 거그다 양계장 좀 헐라고 융자 내서 키우는디… 옘병헐 돌림병인가 뭔가에 걸려 모두 살처분해불지….

무산　….

종수　미쳐 부렀지라우. 다 때려 부셔 부렀은께. 빚 받으러 온 놈들 보면… 눈에 뵈는 게 없습디다.

무산　그래요, 처사님. 그때 우리 큰스님께서는….

종수　아무 말씀 안 허셨어요. 근디 이상헙디다. 그저 나를 가만히 보시기만 허신디, 이상시럽게 몸이 포근해지더라고요. 마음도 포옥 가라앉아분 것 같고라우. 글고는 스님이 지성으로 보살펴주셨지라우.

무산　그때 왜 화암사를 찾으셨던가요.

종수　나도 그걸 모르겠어라우. 고향을 벗어나야겄다는 생각으로, 깊은 산속으로만 가야겄다는 생각으로만 왔는디…, 화암사라고 하더라고요.

무산　인연입니다. 처사님.

종수　아이고 참. 내 정신 좀 봐라. 해지기 전에 장작 쌓아놓고 불 땔 준비해야 허는디 지금 내가….

이때 여인이 조심스러이 암자 마당으로 들어온다.
단정한 옷차림에 상장을 카라에 꽂았다.

수선	저어, 들어가도 되나요?
종수	(눈이 휘둥그레지며) 당연합지요. 어서 오십시오. 우리 암자는 늘 문이 열려 있지라우.
수선	아, 여기가 무슨 절?
종수	무화삽니다. 없을 무, 불 화, 절 사. 사람들은 암자라고들 하지만 절이라고 부르제라. 시상 사람들의 불같은 성질을 다 없애분다, 그래서….
무산	허엄!
종수	말하자면 그렇다는 게지요. 근데 아가씨… 는?
수선	화암사에 들렀다가 큰스님이 여기 계시다기에….
종수	큰스님이면, (무산을 힐끔 보다가) 관, 관허스님?
수선	예, 관허 스님이 여기 주석하고 계신다기에….
종수	그렇지요, 화암사를 중창하시고, 에, 세상사를 모두 관하시고, 글고 또 사람들의 마음을 한눈에 꿰뚫는다는 스님이 바로….
무산	커엄!
종수	(무산의 눈치를 보다가) 근데, 큰스님께서는 지금 쉬고 계신디… 요?

무산	큰스님은 지금 장좌불와하고 계십… 니다. 보살께서는 어인 일로 (수선의 눈과 마주친다. 순간 놀람의 기색, 얼른 감추며 합장하며)… 오셨는지요.
수선	(당황한 눈빛을 감추지 못하고) 저어, 저어 할머님 49재 모시려는데….
무산	할머님 49재?(외면하다가 몇 걸음 비켜선다)
종수	우리 큰스님은 49재 같은 건 잘 안 하시는디?
무산	나무관세음…, (외면하며) 화암사에 재를 잘 드리는 스님이 많이 계십니다. 그 스님께 부탁….
수선	하지만, 할머니의 유언이라서….
무산	(여전히 등을 돌린 채) 유, 유언이라고요?
수선	네. 할머니께서 꼬옥 화암사에 가서 관허 스님께 재를 올려달라고….
무산	헛걸음하신 겝니다.
종수	아이 스님. 무슨 말씀을 그렇게? 항상 행려병자에게도 손길을 거두지 말라, 하고 말씀하심시로….
무산	(낮은 목소리로) 행려병자가 아니지 않습니까?
종수	아니, 스님. 잘하면 공양주라도….
무산	(소리를 낮게, 힘 있게 지르며) 처사님!
종수	아이고 놀래라.
수선	(다소곳하게) 할머니께서 그러면 그 상좌 스님을 찾아가라 말씀….
무산	네? 상좌 스님?

종수 상좌 스님은 바로 이분이신디? 이분이 무산 스님. 관허 스님의 수제자이습지요!

수선 아니 뭐라고요? 무, 무산 스님이요? 그럼 스님이… 스님이… 흐흑, 스님… (무릎을 꿇고 엎드린다) 할머니가 꼭….

무산 (혼잣말로) 무상하다, 무상하다, 무상하다. (몸을 돌려 외면한다)

종수 아니 보살님, (수선을 붙들며) 보살님. 왜 그러십니까. 진정하세요. (외면하고 있는 무산을 향해) 스님, 뭐라고 말씀해 보세요. 왜 이런답니까. 왜 이래요?

바람 소리.
무산은 산길로 올라가는데, 가을 단풍잎 하나 마당으로 떨어진다.
서서히 어두워지는 무대.

2

바람 소리.

풍경 소리.

종수가 요사채의 등불을 켜면, 무화사 서서히 밝아온다.

법당문이 열려 있고 수선이 부처님을 향해 합장하고 있는 뒷모습이 보인다.

관허 스님, 문밖에서 이를 지켜보고 있다. 낙엽 두어 잎, 마당에서 구른다.

관허　이제 그만하거라, 수선화야. (혼잣말로)허어, 올해는 가을이 유독 빨라. (요사채를 향해) 종수야!

종수　(공양간에서 나오며) 예, 큰스님!

관허　보살님은 오늘 내 방에서 주무시게 준비해라.

종수　네? 아니, 스님은요?

관허　예불 드리고, 저 냇가에서 세신하고 참선 좀 해야겠다.

종수　아, 예. 그러면 오늘도 스님께선 잠을….

관허　나? 허허허, 잠을 잃어버린 지 오래지 않으냐?

종수　아니 그래도 방안에서 주무….

관허　걱정하지 말아라. 네 잠이나 잘 관리하거라. 사는 게 자는 것이고, 자는 게 사는 겐데, 왜 잠을 걱정하느냐. 그래 무산이는 어디에 있느냐?

종수　송벽대에 갔나 봅니다. 아시제라? 울적하면 송벽대에 올라 참선하거나 염불하거나 그러는 거.

관허 마음에 점을 아직도 못 지웠나 보다. 허어, 바람은 어디까지나 바람인 것을.

종수 버리고 온 딸이 찾아왔으니… 더구나 속가 모친이 돌아가셨다는디….

관허 그게 어쨌다는 거냐. 내 누차 일렀거늘, 마음에 티끌 하나도 없이 불태웠을 때에야 비로소 하나의 경지에 서게 된다는 걸… 일러도 일러도 모르면 어쩌겠느냐만.

종수 큰스님께서야 그러시겠지만….

수선이 108배를 마치고 참선에 들었다.

관허 (수선의 뒷모습을 보다가) 여여로고, 여여로고. (하늘을 보며) 별이 유독 청청하구나. (수선에게 들으라는 듯) 종수야, 별은 떠있는 것이냐, 가라앉아 있는 것이냐?

종수 그거야 당연히 떠 있는 것이제라.

관허 어떻게 떠 있지?

종수 그저 하늘에 떠 있… 지요.

관허 무얼로 매달아 띄웠느냐?

종수 참, 스님도. 어떻게 별을 매달아 놓는답니겨?

관허 매달아 놓지도 않았는데 별이 떠 있다?

종수 예, 근데 그것이 좀….

관허 매달지도 않았는데 떠 있는 별이 수없이 많다. 그럼 저 별에

종수	서 우리를 보면 우리는 가라앉아 있는 게냐, 떠 있는 게냐? …?
관허	아무것도 매달리지도 가라앉지도 않았다. 그저 별은 별로 서 빛나고 있을 뿐. 너와 내가 그렇게 인식하고 있을 뿐이 다. 별은… 없다.
종수	별이 없다고라우? 저렇게 또렷이 있는데도요오?
관허	바람이 보이느냐?
종수	아니요. 바람이 으떻게 보여요?
관허	바람이 없느냐?
종수	바람은 있지요, 스님.
관허	별은 보여서 있고, 바람은 보이지 않아도 있는 것이니, 네 눈은 어떻게 되는 것이냐?
종수	스님, 긍께 고것이 좀? 허이 참.

수선이 법당에서 나와 조심스러이 스님께 목례를 한다.
종수는 요사채 방으로 들어간다.

관허	수선화야, 이제 네 할머니는 별이 되신 게다. 보이지 않는 별이.
수선	예, 스님, 보이지 않아도 할머니는 지금 여기에 와 계십 니다.
관허	(가만히 수선을 보며) 많이 컸구나. 그래 할머니는 평안히 눈 감으셨느냐?

수선   … 한참을 아버지를 부르시다가….

관허   그랬구나. 어찌 이 업을 다 끊을 수 있겠느냐. 세상은 이리 얽히고 얽혀서 커다란 수레바퀴를 돌리고 있는데, 그 어느 누가 이를 비켜 간다는 말이냐. (잠시 말을 멈추었다가) 그래, 무산이가 뭐라 하더냐?

수선   끝내 아무 말씀 없었습니다.

바람 소리.
무산이 산에서 내려온다.
낙엽 서너 잎 구르는데
풍경이 운다.

관허   무산이도 많이 울었을 게다. 아직은 눈물이 소중한 시대이니, 그 눈물을 아껴야 하지 않겠느냐? 무릇 겉으로 내뱉는 말이 참말이 아니듯, 그저 흐르는 눈물이 진정한 눈물은 아니니라.

무산은 눈물을 감추며 계단에 앉는다.

수선   … 할머니는 큰스님께 이제는 여한이 없다고 전하라 하셨습니다.

관허   나무서가모니불….

수선 그리고 할머니께서는 스님 계시는 절에다 위패를 모셔달
라고 하셨습니다.

관허 나무관세음보살!

무산 스님, 이제 말씀 좀 해주시지요. 제 어머니가 왜 저를 스님
께 가라고 했는지를. 보내 놓고 지금까지 일절 소식을 끊
어버린 까닭을?

잠시 길다란 침묵.
까마귀 울음소리 길게 울려온다.
긴 바람 소리.

관허 … 악연이었지. 커다란 업보였어.

무산 네? 악연이라고요?

관허 악연이었고말고. 털고 갈 악연….

무대 서서히 어두워진다.

관허 그날은 지리산 빨치산 토벌 끝무렵이었다. 나는 토벌대원
으로 이 절에 왔다.

관허 눈을 감으면 요란한 총소리.
어둠 속에서 총구의 빛이 보인다.
허둥대는 사람들, 소리를 지르며 이리저리 도망간다.

그럴수록 거세지는 총구에서 불빛이 튀며 나는 날카로운 총소리.
한 귀퉁이에 무산과 수선이 장면을 지켜보고 있다.

(이 부분의 소리는 소리로만 처리해도 좋고 소리마다 배역을 주
어도 좋다. 배우로 분장했을 때는 아주 흐릿한 조명 아래 인민군,
국군, 양민으로 분류해서 무대의 중앙에 등장시키되 특징만 강조
하는 것이 좋다. 또는 이를 상징하는 탈을 사용해도 무방하다)

소리1   쫑 간나 새끼들 어찌 된 기야?
소리2   밀고헌 간나가 있었지비?
소리3   사람 살려! 사람 살려!
소리4   한 놈도 남기지 말고 쏴라.
소리5   사살하라.
소리6   우리는 죄 없는 양민이다. 그저 끌려온 사람들이란 말이다!
소리1   빌어먹을 반동 간나새끼!
소리2   아예 싹 폭파시켜 버리자고요.
소리4   항복하라, 항복하면 살려 준다. 항복하라, 항복하라!
소리5   항복하지 않으면 이 절을 다 불살라버리겠다.
소리6   안 돼, 안 돼! 이 절은 불태워서는 안 돼요!
소리7   천년고찰 화암사를 불태우면 안 돼!
소리5   아니 저년이 누구야!
소리4   아니, 읍내 조남강이 딸 아니야?
소리5   조부잣집 딸이 왜 저기 있어?
소리6   절을 불태우면 안 돼요. 안 돼!

소리5	끌어내! 그리고 불태워! 저 안의 빨갱이는 다 태워 죽여 버려!
소리6	우리는 불공드리러 왔을 뿐이다.
소리4	이년 이리 와! 이리 안 와? 이리 와!
소리7	안 돼, 안 돼!
소리5	주둥이 닥치지 못해?
소리4	옛. 이리 와 이년. 네 주둥이를 아물게 내 맛을 보여주지.

총소리 거세지며 불타오르는 화암사. 여인의 비명. 소리7을 겁탈하는 소리4. 헐떡이는 소리와 발악하는 소리가 총소리에 묻혀갈 때,

무산	아니야, 아니야, 이건 아니야, 안 돼, 어머니이…. (거꾸러져 운다)

바람 소리
풍경 소리
까마귀 울음소리 스쳐 지나간다.
무대 밝아지면 마당에 쓰러진 무산이에게 관허가 다가가 일으킨다.

관허	악몽이니라. 다 지나간 악몽이니라. 그저 바람이니라.
무산	(울음을 멈추지 못하고) 왜 전에 말씀해 주시지 않고….
수선	할머니… 아버지….

요사채 마루의 종수, 팽 코를 풀며 외면한다.

관허   세상이 허상이었지. 그 허상에 나는 뒤집혀 산 셈이지. 당
           시에는 몰랐다.

까마귀 울음소리.
풍경 소리.

관허   세상이 조용해지자 그 죄업을 참회하러 머리를 깎았다. 한
           평생을 화암사 중창하는 발원으로 살아왔다. 모진 그 업장
           을 하나씩 하나씩 벗어나려 하루도 허투루 살지 않았다.

무산   스님….

관허   네 어머니는 보살이 되셨느니라. 화암사를 지키려다가 몸
           을 잃으셨고, 불행의 씨 너를 내게 보내 절을 다시 세우게
           했고, 이제 영가를 이 절에 맡기셨으니, 화암사의 꽃이 되
           셨느니라.

수선   할머니….

무산   스님. 감춰둔 그 이야기를 돌아가신 다음에야 말씀하시는
           겁니까.

관허   불이니까. 세상을 다 태워도 모자랄 불이니까.

무산   불이라고요?

관허   불은 본래 사랑이었느니라. 불로 인해 세상은 피어나고
           불로 인해 생명은 키워졌느니라. 그러나 불이 지나치면

생명은 위험하고, 불이 넘치면 세상은 불타느니라. (관허, 서서히 일어나 아랫길로 나가려다가 멈추며) 무산아, 내 안의 불을 식히려 한다. 너는 네 마음의 환한 불을 잘 지켜라.

무산 (머뭇거리며) 스, 스님,

관허 (내려가며 혼잣말처럼) 세상이 터엉 비었으니, 청련화 꽃 한 송이 들고나 갈까.

종수 (따라가며) 스님, 날씨가 인자 차가운디, 무신 꽃을 드신다고요?

관허 네 마음이 차가운 게 아니냐?

종수 제 마음은 이 무화사에서 뜨거워진 지 오래 되었지라우. 스님 저랑 같이 가시게요.

관허 관둬라. 내 언제 둘이서 목욕하고 참선하더냐. 나는 나 혼자로 됐다. 허나, 네 마음이 단풍꽃이로구나. (남은 사람들을 주욱 둘러 보더니) 오늘은 참 고운 날이다. 계절이 잘 익은 날이야… 종수야.

종수 예에, 큰스님

관허 네가 고생이 많다. 무화사는 네가 잘 가꾸어라.

종수 네? 지가요?

관허 허허허… 축시가 지나면 한번 내려오너라, 네가 지고 올 짐이 하나 있다. (아래를 가리키며) 저어기 용소로.

종수 축시? 예. 스님! 감기 드실 텐디요? 새벽 시간인디?

조명, 컷 아웃.

3

무화사가 밤에 묻혀 있다.

바람 소리.

유독 풍경 소리 청량하다.

목탁 소리.

법당에서 목탁을 치는 무산, 그 목탁에 맞춰 수선이 합장하고 절을 올린다.

종수는 요사채 마루에 앉아 달을 보고 있다.

종수 (혼자서 내뱉는 말) 참 좋은 밤이네. 시절은 요때가 지일이여. 춥지도 덥지도 않제, 곡식은 한창 익어서 먹을 것도 많제. 오늘처럼 보름달이라도 뜨면 이 무화사는 지상천국, 무릉도원, 또 그 뭣이냐, 그라제, 극락이지, 여그가 극락!

그윽한 풍경 소리

목탁 소리.

종수 (법당을 보며 혼잣말로) 참 질긴 인연인가벼. 벌써 몇 시간째여? 허긴 아비와 딸이 30년이 다 되어 만났다? 그것도 할머니의 49재를 지내달라고 부탁하러 온 사람이 바로 그 딸이라니, 참 시상은 요상한 인연도 많아부러 잉, 참 많아.

그나저나, 큰스님은? 아, 참선허신다고 했제? 축시가 3시까지인게 인시면? 아이고 아직 멀었네야. 한숨 자고 내려가야겠네이? (법당을 향해) 스님, 저는 한숨 눈 붙입니다. (종수, 방으로 들어간다)

목탁 소리 서서히 작아지면
풍경 소리.
수선, 마지막 합장을 한다. 무산도 합장을 하고 토방으로 나온다.

무산   49재는 내가 모시마, 걱정 마라.

수선   네 … 스, 스님.

무산   … 네 걱정 안 한 건 아니다. 생각보다 잘 컸구나.

수선   할머니가 늘 마음에 등불을 꺼뜨리지 말고 살아라고 말씀하시곤 했어요.

무산   그래, 훌륭한 할머니시지.

수선   화암사에 시주하실 때마다 집에서 108배를 하셨지요.

무산   할머니가 화암사에 시주를 하셨다고?

수선   모르셨어요?

무산   출가 후 인연 끊었으니….

수선   외할아버지가 물려주신 땅 절반을 시주하셨댔는데? 할머니 부자셨어요.

무산   모르는 일이다.

수선   할머니는 매사를 조용히 숨기고 사셨어요.

무산	화암사 중창에 할머니의 그 마음도 함께 하셨구나. 전혀 모르는 일이다. 인연의 끝을 우리는 원래 모르는 법이지.
수선	할머니는 아버지…, 아니, 스, 스님 걱정도 많이 하셨어요. 어머니가 그렇게 가시고 그 아픈 가슴을 어떻게 하고 수도하시는지 늘 궁금하다고 하셨지요.
무산	….
수선	저는 아버지가 원망스럽기도 했었지요. 가장이 어떻게…? 아니요, 지금은 괜찮아요.
무산	….

풍경 소리가 정적을 깬다.
바람 소리가 세지는지 풍경이 거칠게 운다.

무산	세상사는 각기 다르지만 모두가 그 무엇인가에 의해 연결되어 있다는 것밖에는 나도 더 모르겠다. 내가 어찌 관허 스님의 제자가 될 줄 알았겠느냐. 업이지, 업!
수선	화암사를 불 지른 사람이 관허 스님이라는 걸…, 할머니는 아셨을까요?
무산	아셨을 수도, 모르셨을 수도. 시절 인연을 탓해야 할까.
수선	글쎄요, 저는 도통 모르겠어요.
무산	….

귀뚜라미 울음소리가 풍경 소리에 묻어나다가

서서히 크게 들린다.

훤한 보름달에 취한 수선과 염주를 굴리는 무산 사이에 달빛이
쏟아진다.

수선   스님, 저어, 갑자기 이 절이 좋아졌어요. 화암사만이 좋은
절인 줄 알았는데, 이렇게 고즈넉하고 운치 있는 암자도
있구나….

무산   ….

수선   풍경 소리도 곱고(풍경 소리), 바람 소리도 참 시원하고 (스치
는 바람 소리), 그, 그리고 이 달, 달을 보는 것이 무엇보다….

무산   ….

수선   (목이 메여) 그리고 스, 스님이…, 계셔서… 요.

무산   …. (합장만 하고 말이 없다)

수선   봄이 되면 여기도 수선화가 피나요? 아버지께서 수선화가
피는 날에 제가 태어났다고 제 이름을 수선이라고 지었다
지요, 아마?

무산   ….

수선   수선화 전설도 좋지만요, 봄에 제일 일찍 피는 꽃이 수선
화라서… 저는….

무산   그만, 수선화야!

수선   아, 스님께서 제 이름을 불러 주셨어요. 저는 꼭 제 이름을
아버지가 한 번이라도 불러주기를 원했었지요. 그래요, 스
님. 저 수선화예요. 수선화!

무산	그래, 수선화야. 맞다. 수선화야. 네 엄마가 그날, 목련꽃처럼 처절히 5월을 적시며 흩어져 버린 후, 그 난 네 엄마의 영혼보다도 너를 걱정하며 살아왔다. 그런데, 그런데….
수선	그런데요? 그래요. 스님. 왜?
무산	….
수선	홀로이신 할머니를 두고, 그리고 저도 있는데 왜 이 절로 오셨어요?
무산	알아도 되고 몰라도 되는 것은 모른 채 가만두는 것도 살아가는 한 방법일 수도 있다. 큰스님이 늘 말씀하셨지.
수선	그 큰스님도 다 말씀해 주셨잖아요!
무산	머잖아 열반에 드실 것 같이….
수선	무슨 말씀이세요. 어제만 해도 나무 한 짐을 너끈히 해오셨다잖았어요?
무산	매듭 푸는 거지, 인연의 고진 매듭….
수선	스님… 도 오늘, 매듭 풀 때가 아… 니신가요?

무산 눈을 감는다.
무대가 어두워지며 무산만 비추는 조명,
풍경 소리가 들린다.
점점 좁혀지는 조명, 무산의 얼굴만 비추게 될 때,
군홧발 소리, 일그러지는 무산의 얼굴. 두리번거리며 초조와 불안한 표정. 눈의 초점이 흐려지고 눈동자가 흔들린다.

군중의 울림소리   비상계엄 철폐하라. 홀라홀라. 민주인사 석방하라. 홀라홀라. 신군부는 물러나라, 우리들은 정의파다. 민주시민 합세하라 홀라홀라. 홀라홀라. 홀라홀라.

소리1   우리는 민주시민이다. 군부독재 획책하는 신군부는 물러나라!

군중의 울림소리   군부독재 획책하는 신군부는 물러나라!

무산   (차분히) 그날 나는 네 어머니를 만나러 네 외가에 가고 있었다. 네 어머니는 너를 낳고 산후 조리하러 친정에 가 있었지. 그런데 나는 그날 갈 수 없었다. 도시 전체가 난리가 나버려서 도저히 처가에 갈 수가 없었다. 시내는 시위하는 군중이 계엄군에게 처절하게 짓밟히고 있었고, 시 외곽은 모두 봉쇄되어 도저히 도시를 벗어날 수가 없었다. 전화도 끊어져 소식이 두절된 섬 같은 도시에서, 나는 발만 동동거렸다. 그러나 나는 어떡해서라도 네 엄마를 보려고 도시 외곽의 산을 넘어 네 외가 마을이 보이는 곳까지 갔었지. 근데 그 동네 입구에도 작은 차단막을 치고 군인들이 사람들의 통행을 통제하고 있었다. 마을에서 통제선까지 나온 어떤 아낙네가 군인들에게 뭐라고 하는 것 같았지. 근데 내 눈에 네 엄마 모습이 보이는 거야. 그래, 나도 모르게 "수선화야!"하고 소리 지르며 마악 산길을 타고 내려가는데, 갑자기 총소리가 타앙!하고 들리는가 싶더니 이어서 타다다다다 타앙, 탕탕탕탕탕 타앙! 하는 거야. 순간 동네 어귀에 있던 그 사람이 픽 쓰러지는 것

을 보았는데 "손들엇, 움직이면 쏜다"라는 소리가 뒤통수
에서 들리는 거야. 본능적으로 손을 들었지만 등골이 서
늘해지고 머리가 새하얘졌지, 나는 곧 머리에 둔기를 맞
은 것처럼 충격을 느끼며 쓰러져 버렸는데. (괴로운 표정으로
쓰러진다) 깨어보니 딸기밭이었다. 뭉개진 딸기밭에서 나는
살아났다.

수선의 소리 아니 그럼, 어머니는?

무대가 밝아지면, 무산은 염주를 돌리며 서 있고 수선은 바닥에
주저앉아 있다.
기러기의 긴 울음소리.
풍경이 찰랑댄다. 이어 바람 소리.
은행잎이 떨어진다. 한동안 긴 침묵.

무산   그게 네 어머니의 마지막 모습이었다.
수선   아버지는 그래서…?
무산   몸을 추스르고 나서 너의 엄마를 찾았지만, 아무도 그 종
            적을 모른다는구나.
수선   할머니는 아빠를 만나러 갔다가 다시 오지 못했다고 하셨
            는데.
무산   (약간 울먹이는 듯하며) 모르지. 픽익 쓰러지는 네 어머니의
            모습이 내가 본 진짜 네 엄마인지, 아니면 내가 군인의 개

머리판에 맞아 쓰러지면서 본 환상이었는지. 수선화야, 분명 네 엄마였어. 내가 산을 달려 내려가지만 않았어도 네 엄마는 살았을지도 몰라.

수선 그게 무슨 말이에요, 아버지?

무산 분명 나를 향해 쏜 총이었을 거야. 내가 도망간다고 생각했겠지? 도시의 사람들을 그 당시 방송은 모두 폭도라고 했으니까.

수선 뭐, 뭐라구요? 아버지를 겨눈 총알이 어머니에게 날아간 거라구요?

무산 나무관세음….

수선 아니에요. 아닐 거예요. 엄마의 시신도 못 봤다는데 그걸 어떻게 믿어요?

무산 아니다. 내가 왜 네 엄마를 모르겠느냐. 십 리 밖에서도 보면 알지.

수선 흐흑 엄마!

무산 ….

무산 나는 그 무거운 마음을 못 이겨 쫓기듯 산으로 왔다.

수선 그렇다면 시신이라도 있어야 할 게 아니에요?

무산 아무리 수소문해도 알 수 없는 네 엄마를 찾아서 전국을 헤맸었다, 끝내 알 수 없었다.

수선 … 그럼 아무도 모르는 곳에?

무산 알 수 없지. 하지만 나는 지금도 그 순간을 사진처럼 정확히 기억한다. 목련 꽃잎처럼 피익 지던 그 모습을.

수선 할머니는 전혀 그런 말씀 안 하셨는데

무산 내가 말하지 않았다. 나도 그게 꿈같은 것이어서 차마.

수선 차라리 말씀드리시지.

무산 그게 이제 무슨 소용이 있겠느냐. 사는 게 없고 죽는 것도 없다는 화두를 큰스님께 받았다. 무(無)!

수선 아, 아버지! (무산을 안는다)

무산 나무 관세음. (한참의 침묵) 오늘은 너도 울어라. 울고 싶으면 실컷 울어라. 그러나 아프게 울지는 말아라. (등을 다독여주다가 살며시 떼어내며 일어선다)

수선 …. (엎드려 울음을 그치지 않는다)

무산 인드라망은 걸림이 없이 온 우주를 꿰고 있느니, 인연법은 그 어디에선가 법륜으로 돌고 있으리니… 네가 여길 찾는 것 또한 그 망의 한끝이 아니겠느냐.

수선 그래도….

무산 봄날 낮은 언덕에 기대어 핀 맑은 수선화를 본다고 한들, 5월 목련의 적삼을 적시는 다사로운 봄비를 본들, 첫눈이 오는 날에 구절초더러 꿈을 꾸자고 속삭인다고 한들, 그게 내게 이제 무슨 의미가 있을 것이냐.

수선 ….

무산 49재 모실 동안만 이 절에 머무르거라. 나도 곧 이 절을 떠날 것이다.

수선 …. (울음을 삼킨다)

무산 산에 들에 나는 꽃들은 가꾸지 않아도 아름답게 피고, 하

늘과 땅을 이어주는 무지개는 색칠하지 않아도 아름답게
다리를 만든다.

수선　(울음을 참아내며) 네, 스님… 잘 알겠습니다.

풍경 소리 시워어 간다.
귀뚜라미 소리 더욱 극성이는데, 무대 어두워진다.

4

달빛이 내려앉은 무화사.

수선은 댓돌에 앉아 달을 보고 있고, 법당에서 참선하는 무산의
뒷모습이 보인다.

적막을 뚫고 귀뚜라미 울음소리 청량하다.

종수 (요사채 방문을 열고 나오며 머리를 긁적이다가) 아이고 보살님,
아직도 안 잤어요? 큰스님 방을 잘 치워 놓았는데.

수선 잠이 올 리가 있겠어요. 오늘 같은 날.

종수 그, 그렇지요. 오늘 같은 날, (법당의 무산을 보고서) 무산 스님
도 아즉 안 주무시고, 허, 나만 잤네. 그랴? 지금이 (시계를
보며) 두시 반이니께, 인자 쉬엄쉬엄 내려가 봐야 겄네이.

수선 큰스님은 왜 처사님을 부르신 거예요?

종수 글쎄요. 가져올 짐이 있다고 허시드만요, 아까.

수선 짐이요?

종수 스님은 가끔 용소 폭포를 보며 밤을 새워 참선을 하시곤
했제라. 그때마다 걱정되어 내려가 보곤 했었는디. 가끔씩
은 신도분들이 놓고 간 선물이 있기도 했었어라.

수선 어떤?

종수 스님이 드실 음식이라든가, 때로는 옷가지, 하여튼 스님이
쓸 잡다한 것들을 어떻게 알고 두고 가시는지. 꼬옥 절에

서 필요한 것들만 보냈더라고요.

수선 신도분이면 직접 불전에 드려도 되는 것 아녀요?

종수 그것이 나도 궁금했당게요. 절대로 절에는 안 와요. 스님 하고는 연락은 되는 모양인디, 나는 도통 모르는 사람이어라우. 물어도 알 바 없다시는디… 큰스님 신도가 한둘이어야 말이제.

수선 그런 스님이시니 할머니의 위패를 여기에 모시라고 하셨을까요.

종수 에이, 할머니는 무산 스님한테 맡기신 것이제라.

수선 … 그러셨겠지요.

종수 (수선과 무산 스님의 뒷모습을 애처로이 보다가) 큰스님 방에서 그냥 주무시지 그랬어요. 보살님 마음 편하라고 참선 나가신 것 같은디.

수선 그게 제 마음을 불편하게 해요.

종수 긍께요. 내가 법당에서 자도 되는디….

무산, 법당에서 나온다.

종수 아이고 제 목소리가 너무 컸구만이라.

무산 아닙니다, 처사님. 이제 곧 예불 시간이 다 되어가는데요.

종수 이 절은 참 정확도 하셔. 스님들이 당최 잠이 없으니 참!

무산 내려가셔서 스님 모시고 오세요, 처사님. 저희가 예불 준비하고 있겠습니다.

종수 그래요, 그럼. (나가려다가) 근디 참 이상혀. 무신 꽃 한송이 들고 간다고 했던가, 온다고 했던가?

무산 수선화야, 법당 청소를 먼저 하자.

수선 예, 스님. (법당으로 들어간다)

무산 (수선의 뒷모습을 보며) 어찌 그리 지 어미를 빼닮았을까나. (합장하며) 나무관세음.

종수 아까 무슨 꽃이라고 했는디. 청심화? 아니 청련화? (고개를 갸웃하며 내려간다)

무산이 법당을 향해, 돌아서서 앞산에, 그리고 좌우를 향해 서서 합장하고 반배하는 사이로 달빛과 별빛이 쏟아진다.
한 잎 한 잎 지는 나뭇잎이 법당 계단으로 내려앉는다.
무산이 다시 합장 반배하는데, 무상한 귀뚜라미 소리.

수선 (법당 안에서) 스님!

무산 왜?

수선 (편지 한 장을 들고 법당에서 나오며) 청련화가 할머니 법명이세요?

무산 그게 무슨 말이냐? 청련화는 큰스님의 신도이신데?

수선 알아요?

무산 얼굴 없는 보살님이시지. 이 절에는 안 오셔.

수선 여기 이 글씨가 할머니 글씨와 같애요.

무산 무슨 말이냐. 할머니는 한글을 모르시잖아.

수선 아녜요. 한글을 깨치셨어요. 한 삼 년 전에? 그 글씨를 제가 알아요.

무산 그게 무슨 말이지?

수선 경로당에 한글학교가 생겼댔어요. 편지를 쓰게 되었다고 얼마나 좋아하셨는데요.

무산 할머니가 편지를 쓰신다고? 이리 줘 봐라, 그 편지. (빼앗듯 가로챈다) 이게 할머니 편지라고?

수선 맞아요. 저도 가르쳐 드리며 서로 편지 쓰기도 했었거든요.

무산 이게, 이게 어머니 글씨라고? (봉투를 뚫어지게 본다. 그리고는 속지를 꺼내 든다)

편지를 읽는 무산의 손이 가만히 떨린다.
무심한 달빛 사이로 또 한 잎 지고.

소리 7 (청련화의 늙은 목소리)
시님 마지막 공양인가 싶습니다.
인자 지 영가를 거두어 주시오
작은 스님 일도 고맙소
평생을 고마운 사람 덕분에 사랐소.
용소에 꽃한송이 보내요
부디 성불하고 오시오
청연화 보냄

무산 주저앉는다. 합장한다.

편지를 두고 서로 말이 없다.

수선   (넋두리 하듯) 할머니 법명이 청련화인 줄은 몰랐어요.

무산   ….

수선   관허 스님, 무산 스님 이야기도 일절 없으셨으니까요.

무산   ….

수선   변호사가 전해주더군요. 할머니의 유언장.

무산   ….

수선   화암사의 관허 스님을, 거기서 무산 스님을 찾으라고. 너를 알아볼 것이라고.

무산   … 네 어머니가 그리된 후… 할머니가 그러셨다… 인연을 끊고 살자고.

수선   왜, 그러셨을까요.

무산   이제는 알 것 같다. (혼잣말로) 그저 상락청정(常樂淸淨)인 것을!

수선   무슨 말씀이세요?

무산   (혼잣말로) 살고 죽는 게 여일(如一)하지! (일어서서 산 아래를 내려본다)

수선   (따라 일어서며) 생사여일?

무산   무상이 도처에 법신으로 피어나네.

            허상이 하늘에서 용틀임을 하는구나

            가는 곳 어디메냐 길손 내게 물어오면

왔던 곳에 다시 가서 칼춤 추라 하겠네.

… 나무 석가모니불!

수선　…. (합장한다)

서로 합장하는 사이로 풍경 소리 고즈넉하다.

이때 서서히 밝아오는 산 아래쪽.

불이 피어 오르는듯하다.

수선　아니, 스님, 저어, 저 불빛은, 불빛은?

무산　(뒤돌아 서 있던 무산, 서서히 몸을 돌리다가 흠칫 놀라며) 아니 저 곳은 용소 쪽인데, 폭포에 웬 불이?

수선　네, 폭포라고요? 물에 어떻게 불이 나요?

무산　허엇! 허엇, 아니 이것은 불빛이 아니라, 불빛이 아니라….

수선　불빛이 아니라면, 스님, 저게 무엇이라는…?

종수의 소리　스님, 큰일 났어요, 큰일!

헐레벌떡 뛰어 들어오며 법당 앞에 엎드러진다.

종수　스님, 스님. 큰스님이 글쎄, 큰스님이…!

관허·수선　큰스님이?

종수　아, 글쎄, 용소에 갔었지요. 아, 근디, 세상에!

무산　서서히 말해 보세요. 스님이 어떻게 하고 계시던가요?

종수　아 글쎄, 계곡물에 결가부좌를 틀고 계시는데, 아, 스님의 머리통 끝에서부터 빛이 나기 시작하더니….

수선 　빛이 나시더라고요?

종수 　그러더니 온몸이 빛으로 변하시는 걸….

무산 　뭐 온몸이 빛나시더라고? 나무아미타불!

종수 　예, 그러더니 온몸이 그대로 불빛에 휩싸였습니다요. 지는
　　　　무서워서, 무, 무서워서 옆에 가질 못하고 그만 혼절하였
　　　　구만이라우.

무산 　나무아미타불!

수선 　그래서요?

종수 　겨우 정신을 차려보니, 아 글씨, 물가에 쌓아 둔, 그 전부
　　　　터 쌓아놓은 나무, 스님이 해온 나무가 통째로 없어졌더
　　　　라구만이요!

무산 　오오!

수선 　아니 어떻게!

무산 　(목탁을 두드리며 합장하고 계곡을 향해 절을 삼 배 올리며) 방광하
　　　　신 게다. 방광.

수선 　방광이라니오?

종수 　지금 그것이 불난 게 아니라고라?

무산 　(혼잣말로) 금빛 무지개를 세워 지상과 극락을 잇는 다리를
　　　　놓으신 게야.

수선 　금빛 무지개요?

무산 　(계속 절을 올리며) 큰스님께서는 오늘 불법을 이루어 생불로
　　　　방광하신 게다.

수선   할머니 가신 지가 열흘도 안 됐는데….

무산   청련화 꽃 한 송이 들고 그대로 방광하신 게야. 나무 석가
모니불!

종수   청련화 꽃 한 송이라고라? 청련화? 스님이 들고 간다는
꽃?

무산   꽃 한 송이 들고서 열반에 드신 게다.

수선   할머니!

무산   화중생련이로고

수선, 쓰러지듯 절을 올린다.

종수도 경건히 합장하고 절을 올린다.

무산이 목탁을 친다.

목탁 리듬에 맞춰 두 사람 절을 올린다.

무산   생불께서 살아계신 채로 성불하셨도다. 나무아미타불, 관
세음보살!

수선·종수   나무아미타불, 나무관세음보살….

끊임없이 염불하며 절을 올리는데 목탁 소리는 더욱 커진다.

조명이 달빛처럼 옅어 가는데

바람 소리 맑게 풍경을 울린다.

우수수 떨어지는 단풍잎 속에 관허의 소리 들린다.

관허의 소리 니중생련(泥中生蓮), 체중생불(體中生佛), 화중생련(火中生蓮)
이라.

진흙 속에 연꽃 나고, 육체 속에 광명의 부처가 살고 있나
니, 저 불 속에 피어나는 연꽃을 보아라. 보아라, 아낌없이
타버리고 살아나는 너의 진면목을 보아라.

무대 서서히 어두워진다.

풍경 소리

바람 소리

귀뚜라미 울음소리

목탁 소리 작아지다가 커지며

종소리 점점 크게 울리다가 서서히 작아지면

무대 캄캄해진다.

끝.

너에게 부치는 방백(傍白)

등장인물

여자 : 50대
남자 : 50대

때

현대

곳

호수가 보이는 2층 전통 찻집

무대는 전통 찻집이다. 그러나 평범하지 않다. 서양화 액자가 3면의 벽에 너댓 개씩 걸려 있는, 얼핏 보기에는 갤러리 같이 보이는 찻집이다. 녹차, 보이차, 쌍화차도 팔지만, 커피도 판다. 좀 현대적인 느낌의 카페라 생각해도 이상하지 않다.

등장인물의 내면을 처리할 때는 낮게 음악이 깔려도 좋겠다. 특히 인물의 내면을 그릴 때 조명의 변화를 주면 극적 긴장이 깊어질 수도 있겠다.

여자 눈이 오는군요. 올겨울 눈은 유별나지요? 바람도 없이, 글
쎄요, 겨울인데도 바람 없이 오는 눈, 그런… 눈이 많이
도 오네요, 이런 날에는 저희 찻집엔 손님이 별로 없어요.
미끄러워서요? 코로나 탓이라구요? 그럴 수도… 하지만,
이 찻집은 눈이 오지 않은 날에도, 코로나 이전에도 손님
이 별로 없었어요. 왜냐구요? 제가 손님을 싫어하거든요.
(낮게 웃으며) 찻집 주인이 손님 오는 것을 싫어한다고 하니
이상하다고요? 그렇죠, 분명 정상은 아니지요. 그런데 저
는 손님 많은 것, 싫어요. 그저 저 혼자 앉아서 저렇게 눈
이…, 눈이 오는 풍경이나, 아님, 비 오는 모습을 보거나,
아님, 낙엽 지는 풍광에 젖어서…, 젖어서…, 제가 끓인 차
한잔하면서 한참을 앉아 있는 게… 저는 정말 좋거든요.

낮게 G선상의 아리아 흐른다.

그렇다고 손님 오는 것을 다 싫어하지는 않아요. 말 없는
손님이라면… 환영하지요. 저 한쪽에 앉아서 조용히 차를
마시는 손님이라면 저도 조용히 차를 대접합니다. 찻값은
없어요. 아니 없는 게 아니라… 자율이에요. 나가실 때나
들어오실 때 카운터…, 카운터라고 하긴 그렇지만, 그냥
입구 바로 옆 탁자의 헌금함 같은 상자에 헌금하듯이 넣
어주시면 돼요. 안 내면 어떡할 거냐고요? 상관없어요. 저
희 찻집은 규율에 얽매이거나 강요하는 그런 데가 아니거

든요. 알아서, 그래요, 알아서, 스스로 알아서 찻값을 지불하는 자율 찻집이라고나 할까요.

그래도 장사가 되느냐구요? 후훗, 웃기지요? 이상하게, 돼요. 돈을 안 내고 가는 사람이 거의 없어요. 아니 안 내고 갔더라도 다음에 와서 반드시 안 낸 찻값을 계산하고 가는 것 같다니까요. 찻값이 얼마냐구요? 값이 정해져 있지 않다니까요. 알아서, 그래요, 정말 알아서 내고 가면 돼요. 우스운 게 어떤 손님은 상상 이상의 금액을 넣어 두기도 했더라고요. 누가 넣어 놓았는지 모르니까, 아니 꼭 알려고 했다면 알 수도 있었겠지만, 관두었어요. 그게 대수예요? 있는 사람이 자선사업하는 것이라고 그냥 생각하기로 했어요. (걷다가 잠깐 멈춘다) 산다는 것은 결국 누구의 도움으로 유지되는 것 아닌가요?

제 찻집은 탁자 하나에 의자가 두 개 밖에 없어요. 세 사람 이상이 오면 안 된다는 뜻이지요. 그 이상이 오면 어떻게 하느냐구요? 한 사람은 떨어져 앉아야 해요. 처음엔 의아해 하다가, 아니, 젊은이들은 화를 내고 나가버리는 사람들도 있더라구요. 전 상관치 않아요. 서넛이 모여서 깔깔대며 킥킥거리며 깝죽대는 사람들이 정말 저는 싫거든요. 그래서 굳이 세 사람 이상이 오면 저 안으로 안내하지요. 밖이 보이지 않는 공간, 거기서 떠들든 말든 상관하지 않아요. 차도 그 방에 세팅 되어 있는 것으로 알아서 마시라고 하지요.

대신 이 공간은 2인석 탁자를 호수가 보이게 앞면을 향해
배치해 놓았지요. (조용히 웃으며) 이젠 소문이 나서, 아니 제
찻집에 오는 사람은 익숙해져서 조용히 앉아서 차를 마시
는 것에 만족한다고나 할까요.

사람들은 참 단순해요. 정해놓은 규율에는 스스로 적응할
줄 아는 내적 기제가 작동하는 거 같아요. 후후후, 그래서
세상은 그렇게 그렇게 돌아가나 보지요. 자유로운 곳에서
는 자유롭게, 구속하는 곳에서는 구속당하면서, 나름대로
생활양식을 만들어 가며 살아가는 적응력, 이게 모든 생
명체의 존재 방법이 아닌가요…?

남자가 등장한다. 머리와 상의의 눈을 털며 몸을 한번 흔들더니,
익숙한 몸짓으로 한쪽 끝 탁자를 찾아 자연스럽게 의자에 앉는
다. 눈빛이 예리한 듯, 찻집을 둘러보는 눈빛이 순간 번쩍인다.

오셨군요. 드뎌. 오늘 첫 손님입니다. 글쎄요. 마지막 손님
이 될 수도 있지 않을까, 생각도 듭니다만. 하긴 인생사를
다 어떻게 알아요, 눈 때문에 차량이 산에서 굴러 저수지
로 떨어졌다는 큰 사고 소식도 있고 하니. (남자에게 다가가
며) 오늘도?

남자, 고개를 끄덕인다.

여자　(객석을 향해) 이 남자는 제 찻집의 단골이에요. 늘 이 시간에 오지요. 해 저무는 시간, 호수에 비치는 황혼이 좋아서 온다는군요. 말이 없어요. 그리고 언제나 보이차를 즐긴답니다.

여자는 보이차를 끓이러 안으로 들어가고, 남자는 물끄러미 창밖을 내다보고 있다.

남자　언제나 저는 이 자리에 앉지요. 여기에서 제일 편한 곳이 이 자리이니까요. (살짝 눈을 감았다가 뜨며) 한눈에 호수가 보이고 황혼빛이 잘 드는 곳이지요. (탁자의 신문을 보며) 이 찻집의 주인은 이 자리에 두 개의 신문을 올려놓고 있지요. 지방지와 중앙지. 나름대로 재미있는 기사가 눈에 띄기도 하지요. 신문의 기사 내용이야 다 휴대폰의 인터넷 신문에 실려 있긴 하지만, 신문을 들고 기사를 읽어가는 것도 우리 나이에는 꽤 익숙한 장면이 되지 않겠어요? (신문을 보다가 내려놓고 피곤한 듯 고개를 돌린다) 오늘도 영락없이 노인들의 고독사 기사가 실려 있군요. 말세지요. 불효의 세상이 다 됐지 뭐예요. 저를 봐두 그렇습니다. 참고로 저희 집에는 일반 전화기도 있습니다. 그리로 오는 전화야 매번 보험회사 상담원이 대부분이긴 하지만, 가끔씩은 시골에 홀로 계신 어머니가 걸어오기도 하지요. 이럴 때는 저와 제 아내는 서로 눈치를 보며 안 받으려고 합니다만, 결국은 제가 받게 되지요. 늙은 팔순 노인네의 목소리는 늘 힘이 없고 지쳐 있고 걱정거리와 건강을 묻는 게 전부이지요. 빌어먹을! 마누라는 친정이나 챙길 줄 알지, 시댁이라면 질색을 해요. '시' 자가 싫어 시금치도 안 먹는다고 하니, 더 말해 무엇 하겠어요.

여자가 다관과 찻잔을 쟁반에 담아내오며 탁자에 내려놓는다.

여자   신문을 보시다 말고 무슨 생각을 그리?

남자   아, 아니 별거 아니에요. (창밖을 보며) 이 찻집은 눈 오는 풍경도 그림이군요.

여자   그걸 이제 아신 건 아니실 테고?

남자   네. 잘 알지요. 사장님께서 처음 이 찻집을 연 첫날부터 제가 왔잖아요, 제가.

여자   정말 손님께서 첫 손님이셨지요. 그날의 유일한 손님. 좋아하시는 보이차입니다.

남자   감사합니다. (차향을 맡으며 이내 한 모금 마시고 나서) 역시 훌륭한 차입니다. 중국에서 건너온 차라더니 더욱 그러합니다. (다시 한 모금하며 잔을 내려놓자, 여자, 빈 잔에 차를 따라 준다.) 그, 그런데 웬일로 사장님께선 제게 말씀을?

여자   제가 말을 하면 안 되나요?

남자   그런 게 아니라, 그저 차만 가져다주곤 그냥 가셨잖아요. 말도 없이.

여자	그랬지요. 하지만, 오늘은 개업 기념일이어….
남자	벌써 일년이 되었나요? 참 빠르군요. 축하 화분이라도 사 올걸.
여자	무슨 말씀을. 하루가 멀다 하고 찾아주시는 것만으로 고 맙기….
남자	인상적이었습니다. 이런 변두리에 (벽면의 액자들을 보며) 이런 갤러리 형태의 찻집을 그 누가 상상이나 했겠어요. 저는 무식하긴 하지만, 저 그림들이 너무 좋았지요.
여자	그때 손님께서 금일봉을 넣고 가셨지요.
남자	아, 그야 제가 좋아서 그랬지요. 문화가 시들면 사람들의 정서도 메말라 가는 건데, 이런 갤러리 카페야말로….
여자	찻집!
남자	네, 차, 찻집을 열어 이 도시가 환해지는 듯한 느낌이 들어 서….
여자	과장 아니에요? 매우 심각한 표정으로 들어오셔서 한참을 앉아 있다가 말없이 가셨던 기억이 나는데요.
남자	그것은 그날 제가 컨디션이 좀 안 좋아서….
여자	그러셨군요. 컨디션이….
남자	그, 그렇지요. 그날 회사에서 제 기획안이 채택되지 않고 박 과장의 안이 임원회에서 통과되는 바람에….
여자	그랬었군요. 저는 사모님과 사이가 안 좋아서 그런 줄 알고…, 그때 그런 비슷한 말씀을 하지 않으셨던가요? (기억을 더듬으며) 여자가 밖으로 나돌면 부모님께서 좋아하지

않는다고.

남자 그거야 페미니즘 시대에 대한 노인들의 견해가 그렇단 뜻이었을 거예요. (두 손을 벌려 찻집을 둘러보며) 이 얼마나 좋아요. 이 그림들이! 남녀의 능력에 차이가 있나요. 여자도 능력껏 자신을 계발하여 사회에 봉사하는 시대가 됐지 않았나요. 유교 사회의 상황과는 많이 달라졌지요.

여자가 조용히 일어선다. 잠시 침묵.

여자 (객석을 보며) 남자들은 독특하기도 하지요? 과거를 잊어버리는 멋진 특성을 지니고 있지요. 분명 그날 이분은 화를 내고 가셨거든요. 화는 아니더라도 불만이 가득 찬 모습이었습니다. 분명 아내와 다투고 왔을 거예요. 대개 집안에서 부부싸움 다음 날, 남편들은 무언가에 자기의 감정을 투사하지 않으면 안 되지 않아요? 술을 마시러 술집을 간다던가, 그런 상황이 있었던 것 같았어요. 여성 폄하 발언을 문득문득 던지곤 했으니까요. (까르르 웃으며) 그게 이제 무슨 상관이에요. (약간 살벌한 느낌으로) 지금 이 고객에게 필요한 것은 위로해주는 것. 오늘 같은 날, 이 찻집 주인이 해야 할 일이 아니겠어요?

남자 (머뭇거리며) 사장님, 차 한 잔 같이 하실까요?

여자 아, 네. 감사합니다. 하지만 오늘은 제가 이 차를 서비스로 제공해 드린 겁니다. 오랜 고객에 대한 고마움이랄까.

남자 무슨 말씀을. 손님도 없는 이 공간에 주인처럼 좋은 풍광을 함께 즐길 수 있는데, 당연히 제가 사드려야지요.

여자 찻집 주인의 마음도 헤아려 주시면 고맙겠습니다.

모든 조명 아웃. 오직 남자만 비춘다.

남자 (관객을 보며) 여자란 알 수 없다더니 이런 경우를 두고 하는 말이지요. 그날 분명 저는 축하하러 왔습니다. 물론 좋은 기분은 아니었습니다. 남자들 사는 게 그렇지 않던가요? 회사에서 상사한테 깨져, 집에서 아내의 잔소리에 골치 아파. 부모님은 늘 아프다고 전화 주시지, 아이들은 아, 아이들은 자꾸자꾸 멀어져 가지… 그날 그런 날이었지요. 개업한다는 문구가 이 건물의 1층에 쓰여 있었지요. 사장님이 시켜서 찾아들어 왔는데 찻집인 거예요. 그것도 그림이 가득 걸려 있는. 제 어릴 적 꿈이 뭔 줄 아세요? 화가가 되는 것이었어요. 부모님이 반대하시는 통에 할 수 없이 인문대를 갔는데, 직장 생활이 마음에 들었겠어요? 기계처럼, 끌려가는 소처럼 일만 했지요. 늘 승진에 탈락해서 저는 만년 과장, 아니 팀, 팀장에 머물러 살아왔지요. 그런 나에게 그림이 걸려 있는 찻집이라니. 분명 기뻤습니다. 들어올 때는 무거웠지만 내심 마음이 밝아왔던 건 사실입니다. 저 마담, 아니 저 찻집 주인은 맨 처음의 내 인상만 기억하고 있지요. 여자의 선입견이 지금까지 계속

되고 있다는 게 저는 무섭습니다. 그런데 저에게 차를 대접해 준다고요? 이건 경천동지할 일입니다. 그렇지 않고야, 저 모나리자같이 속을 알 수 없는 저 여자가… 혹 저 마담이 저를 좋아하기나 한 걸까요? 아니겠지요. 좀 무서운 여자 아닌가요. 말 없던 여자가 말을 시작했다?

조명 들어오면.

남자 아이고 사장님, 감사합니다. 이리 고마울 데가….

여자 (차를 더 따라 주며) 저는 손님께서 그림을 좋아하는 점이 마음에 들었습니다.

남자 그, 그래요? 왜 여태 그런 말씀을 안 하셨는지요.

여자 손님께서 그림 좋아한다는 말씀을 안 하셨잖아요.

남자 그랬던가요? 아, 그렇군요. 그러니까 우리는 거의 대화를 안 하고 지내왔군요.

여자 그랬지요. 겨우 눈인사나, 아니면 그저 날씨 이야기나 하는 정도에.

남자 정말 왜 그랬을까요?

여자 정말 왜 그랬을까요. 제 성격 탓이에요. 제가 말하는 것을 좋아하지 않아서.

남자 저도 말 거는 것을 좋아하지 않아서.

여자 (다관을 보더니) 차를 더 내와야겠군요.

남자 네, 고맙습니다.

여자, 다관을 들고 안으로 들어가려다가 탁자에 놓고 관객을 본다.

여자   누구나 알 수 없는 불안감에 갇혀 살곤 하지요. 사는 게 늘 꽃길만은 아니잖아요. 저의 길은 꽃길인 줄로만 알았던 게 제 젊은 날의 실수였습니다. 세상은 나를 위해 존재하는 것이 아니라, 내가 세상의 한끝에서 삶을 붙들고 있다는 사실을, 결혼 후 아기를 낳고, 그리고 키웠는데 이제 각자의 제 갈 길로 가버린 뒤에서야 알게 되었습니다. 몰려오는 외로움, 그 외로움은 천 길 낭떠러지 위에서 홀로 맞는 칼바람 같은 거였습니다. 홀로 버려진 느낌. 남편은 언제나 제 옆에서 존재하는 줄로만 알았는데, 그랬는데, 그것도 착각이었습니다. 너무나 낯선 얼굴을 한 사내가 내 옆에서 제 목을 조여 오는듯한 느낌을 제가 감당하기에는 너무나 벅찼습니다. 결혼할 때면 사람을 잘 봐야 합니다. 그렇잖으면 원수를, 아니 웬수를 만나는 수가 있거든요.

여자가 안으로 들어가자, 남자가 서서히 일어나며 그림을 본다. 그리고 관객을 향해 읊조리듯 말한다.

남자   아버지는 늘 말씀하셨지요. 사내는 당당해야 한다고요. 눈물을 보이면 안 된다고. 아무리 거친 세파라 할지라도 이겨낼 수 있는 힘과 용기를 가져야 한다고. 실제로 아버지의 세대는 그러했지요, 힘만 있으면, 농사지을 힘만 있으면 뼈가 부스러지는 한이 있어도 일을 해서 가족을 건사하셨지요. (날카로운 눈이 번쩍) 하지만 우리 시대는 그것만으로 가족을 지켜낼 수가 없었습니다. 산업화 시대까지만해도 견딜 만했습니다만, 정보화 시대, 디지털 시대에 와서 우리 세대는 쉰밥이 될 수밖에 없었습니다. 결국 퇴사를 하고 출근한다고 해놓고는 교외에 나가 빈둥대며 살았지요. 그러다 겨우 취직한 것이 김 회장의 집안 운전사가되었습니다. 아내는 지금도 제가 운전기사인 줄을 모릅니다. 번듯한 기업의 과, 과장인 줄 알고 있지요. 저는 회장님과 거, 거 작은 사모님에게 충성을 다하며 겨우겨우 하루를 버텨내는 것이 제 일상의 목표가 되고 말았습니다.

여자가 차를 들고 나온다. 남자의 탁자에 차를 놓자 남자가 의자에 앉는다.

여자 쌍화차입니다.

남자 아니, 귀한 쌍화차를!

여자 오늘은 제가 대접해 드린다고 했잖아요.

남자 저야 고맙지만, 너무 황송해서.

여자 쌍화차는 제 아버지가 참 좋아했던 차였지요. 겨울에는 어머니가 재료를 준비해서 아버지께 달여 드리곤 해서.

남자 그렇군요. 저희는 차를 안 마셨습니다. 못 마신 거지요. 겨우 숭늉을 차 대신으로.

105

여자　　보이차를 좋아하시잖아요. 오실 때마다 이 차를….

남자　　중국에서 온 친구가 보이차를 선물해 주더군요. 고수차(古樹茶)라며. 그런데 여기에 오니 이 차가 있길래.

여자　　아, 그럼 여길 찾으신 이유가 이 고수차 때문이군요.

남자　　아, 아닙니다. 꼭 그런 건 아니고….

여자　　근데 왜 날마다 오다시피 하셨지요?

남자　　글쎄요. 왜 그랬을까요?

여자　　손님께서 모르시면 누가 알아요?

남자　　글쎄요? 내가 왜 왔을까요?

여자　　알 수 없는 게 한두 가지입니까.

남자　　알 수 없는 사연도 한둘입니까.

여자　　저는 궁금했습니다. 손님께서 왜 저녁마다 이 찻집을 찾아왔는지.

남자　　저도 궁금했습니다. 사장님께서 왜 말을 안 하시는지.

서서히 둘의 사이가 멀어진다. 사이가 벌어질수록 무대 조명이 모두 어두워지고, 각자 비추는 조명만 남아 두 사람만 비추게 된다. 두 사람에 대한 조명이 밝아지고 색채가 진해질수록 두 사람의 목소리는 높아만 간다.

여자　　혹, 제 남편이 보냈나요?

남자　　혹여 제 행적을 아셨나요?

여자　　남편이 보내서 저를 감시하고 있었나요?

남자 찻집 오는 것이 내가 오고 싶어 왔겠어요?

여자 저는 다만 감옥 같은 집에서 원수와 같이 살기 싫었을 뿐이었어요.

남자 이 시대 남자들의 삶은 조직 속에 함몰된 죄수들 삶이지요.

여자 자유롭다는 것은 몸의 자유뿐만 아니라 마음의 자유까지를 말하는 것이지요.

남자 어디까지 봉사하고 어디까지 일을 해야 남자들은 해방되는 겁니까.

여자 여권이 신장되었다는 것은 거짓말이지요. 그렇게 보일 뿐, 본질은 아무것도 변한 게 없지요.

남자 의무감에 종속되어서 멍에를 지고 사는 것도 인생이라면 너무나 비참한 삶이 아니겠어요?

여자 돈이 지배하는 시대라고 해서 남의 돈을 사기 쳐서 세상을 어지럽히는 당신들의 속셈을 이미 저는 모두 간파했지요.

남자 남녀평등이라는 미명 아래 여자는 군림하고 남자는 종속되는 이 현실도 또 하나의 불평등의 현장이 아니겠습니까.

여자 허울 좋은 남녀평등이지 대체 여성이 인간답게 일하는 조건이나 마련된 것입니까? 육아의 책임을 여자에게만 지우는 것이 엄연한 현실 아닌가요.

남자 남자라는 이유로 뼈 빠지게 일하는 게 현실입니다. 직장에서도 집에서도 여성 등살에 숨쉬기가 힘듭니다.

여자 남자는 사기꾼들이지요.

남자 여자는 여우들 아닌가요.

여자 저는 다 빼앗겼지요. (표독스러운 눈) 간사한 놈한테. 믿는 놈에게 발등을 찍힌 그 억울함을 풀 길이 없어요. 아버지도 결국 돌아가시고 말았지요.

남자 불의한 조직 내에서 먹고 살기 위해 할 수 없이 불의한 일에 동조하는 선량한 사람들에게 죄가 있습니까?

여자 저는 반드시 복수하고 말 것이에요. 반드시. 반드시.

남자 살인도 감내해야 살 수 있는 세상을 (주머니 속에서 삐져나온 칼날이 번득인다) 벗어날 방법은 없을까요?

무대 조명이 들어오며 남자 여자를 비추던 조명이 서서히 어두워지면, 이마의 땀을 닦는 남자는 그림 앞에 서 있고, 여자는 옆 탁자에 팔을 짚고 허리를 숙이며 가쁜 숨을 쉬고 있다.

여자 (돌아서며 친절하게) 쌍화차 좋다시더니 왜 안 드시고?

남자 (자리에 다시 앉으며) 아, 그림이 좋아서, 쌍화차 마시기 전에 한번 더 보고 싶었습니다.

여자 어머나, 손님 정말 멋지시네요. 그림 감상하고 차를 마시겠다?

남자 저 그림은 존 에버렛 밀레이의 오필리아가 아닌가요?

여자 어머머, 당신은 화가세요? 어떻게 밀레이를 아세요?

남자 그보다도 왜 이 그림이 이 갤러리 찻집의 가장 중심에 걸려 있느냐는 겁니다. 사장님의 분신이라도 되는 겁니까.

여자 분신이라구요? (까르르 웃다가 뚝 그치며) 재미있는 분이시네요.

남자 그 웃음이 대답으로 생각해도 될 듯싶은데요.

여자 누구 마음대로요? 손님이 심리학자나 점술가나 된다는 말인가요?

남자 심리학자가 아니래도 우리 나이에는 이제 세상이 좀 보이지 않던가요. 저는 학생 시절에 연극을 했었지요. 햄릿을 좋아했습니다. 그러나 정작 햄릿보다 전 감춰진 오필리어에 더 관심이 갔습니다. 아버지를 죽인 원수를 사랑한 여자. 결국 미쳐서 강물에 투신하여 스스로 생을 마감해야 했던 비련의 여인. 인생이 꼭 이래야 하는 건가요. 아름다움에는 이런 비극이 내재되어 있어야 하는 건가요? 햄릿은 복수를 위해 죽었지만 오필리어는 사랑을 위해 자신을 죽였지요.

여자 그것과 저와 무, 무슨 상관이 있다고 그런 말을?

남자 예술은 신화의 저장고이지요. 신화는 이루지 못한 숭고한 꿈들의 무덤이고요. 그러나 신화는 모든 사람들의 갈망을 비틀어 표현하는 속성이 있지요. 신화의 후예들은 그런 비틈의 천재들이지요. 화가로, 음유 가인으로, 이야기꾼으로 나타나 계속 그의 변형을 제시하여 우리 삶을 반추하게 하는 못된 부류이지요. 위로라는 이름을 달고서.

여자 그래서 당신은 저에게 무슨 말을 하고자 한 거지요?

남자 (나지막하게) 죽지 마시라고요. 굳이 신화나 전설의 주인공이 되지 마시라고요.

여자 (놀라며) 당신, 정말 누구세요. 여태 말 한마디 않다가, 오늘 왜 이런 이상한 말을 내게 하는 거예요. 정말 당신 누구세요.

남자 오필리어를 좋아하는 사람이지요. 아니, 오필리어 같은 사람이 이 세상에 다시는 나타나지 말라고 말리는 사람이라고 할까요. 제 말이 좀 이상하나요?

여자 (뒷걸음치며) 그래요. 저는 죽어가고 있어요. (소리를 높여) 오필리어처럼 저는 미쳐가고 있어요, 아니, 내가 할 일을 끝내놓고 저 오필리어처럼 차가운 강물에 제 몸을 던져 죽어버리려고 해요.

남자 (다가서며) 복수의 왕자 햄릿이라도 사귀었나요?

여자 (뒤로 물러서며) 누구나 피치 못할 운명이 있는 것이지요. 오필리어는 그래도 결혼식은 아직 올리지 않았으니까요.

남자 저는 사장님을 잘 모릅니다. 그래도 사장님의 운명은 이미 느끼고 있었지요. (침착한 목소리지만 떨리듯) 이 그림 때문이지요. 화가 밀레이의 이 그림은 영국 라파엘로 전파(前派)의 그림을 대표하는 수작으로 평가 받았지요.

여자 ….

남자 저는 이 그림에 홀려 이 찻집을 날마다 찾았지요. 모작(模作)이긴 하겠지만, 이런 그림을 걸어놓은 화랑을 찾기는 쉽지 않겠지요.

여자 당신은 누, 누구세요?

남자 평범한 가장이지요. 어머니의 아들이자, 아내의 남편이자,
두 아이의 힘없는 아버지.

여자 그런데 어떻게 매달 그 많은 돈을 찻값으로 내놓고….

남자 아셨나 보네요. (여인의 얼굴을 보며) 모르는 줄 알았는데. 모
르게 하려고 일부러 사람 많이 있는 날 넣었는데.

여자 그걸 모르는 사람이 어디 있겠어요. 바보가 아닌 바에야.
그 돈, 누구의 돈이지요?

남자 오늘이 저도 마지막입니다.

여자 오늘이 마지막이라니. (순간 몰려오는 공포감으로) 그, 그게 무
슨 말이에요?

남자 내일부터는 여기에 오지 않는다는 말입니다. 이제 제가
하고 싶은 말을 사장님께 해 드렸으니까요.

여자 무슨 말을 했다는 거예요?

남자 (한숨을 쉬고 내뱉듯) 이미 그 남자는 죽었습니다. 그러니….

여자 (크게 소리를 지르며 벌떡 일어선다) 제 남, 남편이 죽었다구요?

남자 이제 사셔도 된다구요.

조명이 여자만을 비춘다.

여자 (에코로) 뭐? 그놈이 죽었다고? 아니 왜? 어떻게?

111

조명이 남자만을 비춘다.

남자 (에코로) 내가 죽여 버렸지요, 당신 대신. 아니 죽게 만들었지요.

무대 전체 조명이 들어오면.

여자 그것이 무슨 말씀인데요. 자세히 말해 봐요.

남자 오후에 뉴스 안 보았나요? 텔레비전에 나오던데요?

여자 무슨 뉴스?

남자 스키장에 갔다가 고갯길에서 눈길에 미끄러져 차가 굴러 저수지에 빠져 버렸다는 뉴스 말입니다. 회장님이 그 차를 몰고 가다 변을 당하신 거라지요. 아마? 동승했던 여인과 함께 추락사, 아니 익사라고 해야 하나?

여자 아니, 그게 제 남편이라구요?

남자 네, 동승했던 여자는 작은 사모님이구요.

여자 (온몸을 떨며) 그걸 당, 당신이 어떻게 알아요?

남자 (한참을 머뭇대다가) 일 년 전부터 제가 김 회장님 댁 운전기사였거든요.

여자 뭐라구요? 일 년 전부터?

남자 그러니 제가 그 뉴스를 보고 금방 알아 차렸지요. 그젯밤 큰눈이 오기 전에 회장님이 직접 운전하여 작은 사모님과 두 분만 가셨지요. 제가 운전해 드린다고 해도 한사코 괜찮다고 마다하시더니 그예.

여자   그, 그럼 나는 어떻게, 어떻게 하라고.

남자   (여자의 눈을 가만히 보다가) 비극의 주인이 되지 마시고 그냥 사시면 되지 않겠어요? 이제 아버님의 재산도 되찾게 되실 것이고. 그러니 아드님께 빨리 연락 드려야지요? 싱가포르에 가 있던가요?

여자, 펄썩 주저앉는다.

남자   안녕히 계십시오, 사장님. 아니 사모님.

여자   (넋 나간 듯이) 당신은 킬러였어. 그래서 나를 철저히 알지. 그렇지 않고서야, 저 그림을 어떻게 읽을 수 있었겠어. 그래서 당신이 올 때마다 난 불안했었지. 그래서 이 찻집 곳곳에 몰카를 설치해 두었었지. 누군가는 알아야 할 일들이 여기에서 생길지도 모르니까. 당신은 나를 죽일 수 있었는데, 아니, 그놈이 당신을 시켜 나를 죽이려 했겠지? 근데 왜 나를 살려둔 거지?

못 들은 척 남자 서서히 나가려다가 여자에게 다시 다가온다.

남자   참, 제가 한 달에 한번씩 찻값을 낸 것은 제 돈이 아닙니다. 김 회장님께서 제게 주신 돈입니다. 사모님이 돌아가실 때까지 살펴달라는 말과 함께 제게 많은 돈을 주셨거든요. 사실 그 돈도 다 사모님의 아버지 돈이었을 테지만 말입니다.

여자 (혼잣말로) 그렇지. 그놈이 돈을 당신에게 무조건 줄 리 없어.

남자 저는 잔소리쟁이 마누라한테 가겠습니다. 날마다 이 찻집으로 출근하느라고 집을 돌보지 못했거든요. 이제 직장에서 해고된 꼴이니….

여자 (헛소리처럼) 이제 복수할 놈이 없으니, 나 어떻게 살지?

남자 (허리를 세우며) 퇴직금을 톡톡히 주셨으니, 그 돈으로 시골에 내려가겠습니다. 어머니 곁으로 가봐야 하지 않겠습니까? 시금치 많이 먹고 힘내어 살겠습니다. (돌아서려다가) 아, 쌍화차를 못 마셨군요. 미안합니다. 정성을 다해 끓여주신 차인데. (멈칫하며) 생략하겠습니다. 아니, 다음에 와서 들 수 있을까요?

조명이 서서히 어두워지며 G선상의 아리아 흐른다.

끝.

한국 희곡 명작선 87

안개꽃 | 화(火), 화(花), 화(華)

초판 1쇄 인쇄일   2021년 11월 25일
초판 1쇄 발행일   2021년 11월 30일

지 은 이   이희규
만 든 이   이정옥
만 든 곳   평민사
　　　　　서울시 은평구 수색로 340 〈202호〉
　　　　　전화 : 02) 375-8571 / 팩스 : 02) 375-8573
　　　　　http://blog.naver.com/pyung1976
　　　　　이메일   pyung1976@naver.com
등록번호   25100-2015-000102호
ISBN　　　978-89-7115-801-2 04800
　　　　　978-89-7115-663-6 (set)
정　　가   9,000원

이 책은 사단법인 한국극작가협회가 한국문화예술위원회의 2021년 제4회 극작엑스포
지원금을 받아 출간하였습니다.